KB067641

랄랑그Lalangue에 질문

차영한 제16시집

랄랑그Lalangue에 질문

인쇄 2022년 3월 28일
발행 2022년 3월 31일

지은이 차영한
발행인 이노나
펴낸곳 인문엠앤비
주소 서울특별시 종로구 북촌로4길 19, 404호(계동, 신영빌딩)
전화 010-8208-6513
이메일 inmoonmnb@hanmail.net
출판등록 제2020-000076호

저자와 협의, 인지는 생략합니다.
잘못된 책은 바꿔 드립니다.

ISBN 979-11-91478-10-5 03810

값 10,000원

차 영 한 제16시집

랄랑그Lalangue 에 질문

인문MnB

끝물 생성이미지들과의 충돌

그 토막 난 둥근 고리너머 틈새를
헤집고 서로들 찾아 부르짖는
절규들의 떨림을 아나크로니즘으로
다가서 보았다. 균열하는 공유들이다.
온 지구의 소중한 목숨을
앗아가는, 인간의 나약성을 파고드는,
COVID—19, 오미크론 무서운 살기
지구를 휩쓰는 돌림병도
그래서 원시적 훈영마저 도망치는 교활함을
오히려 붙잡지 못할까 두렵다. 그러나 나를
시원하게 묵살시키고 있는 언어 물살들이
리아스식 해안을 끼고 되 밀치기 하듯 상식의 소통을,
낡은 사유를 찢어

불태울 때마다 반란하는 날것들의 이미지들
견디지 못한 무한론無限論의 밤이 있더라도
생소한 질문으로
해체함과 동시 계속 소통할 수 없는 경계와 충돌하는
순간은 눈감아도 아찔하다. 그러나
그 두려움들을 씹고 씹어서
긁적거려본 날라니 랄~랄~ 하는 은하별들
그러나 볼수록 친숙하면서 낯선
랄랑그Lalangue에
질문해본 열여섯 번째 시집이다.

2022년 3월 15일
통영시 봉수1길 9 세 마리 학이 날갯짓하는
한빛문학관 집필실에서 차 영 한車映翰

차례

시인의 말 끝물 생성이미지들과의 충돌 | 차영한 - 4

제 1 부

이집트 여행메모를 읽다 - 12

노래하는 니제르 강 - 18

요동치는 하얀 핏줄 - 20

푸른 눈동자의 불꽃 - 21

진공계단 - 23

카오스 날개 달린 지팡이의 마술사여 - 26

블루타임Blue time - 28

공감대의 빗변에는 - 31

주고받는 기다림 - 33

관람, 스페인의 투우장 - 35

돈키호테하고 사는 여자 - 37

수영 모자에 숨기는 모자 - 40

이방인 - 42

내가 본 검은 새 - 44

죽는 자는 몰라 - 45

프랑스 지팡이, 바게트 빵 - 47

제 2 부

날아다니는 핸드폰 - 50

블랙아웃 - 52

어떤 것의 다른 또 하나는 - 54

들숨 쉬기 - 57

어떤 착각들 - 59

개꿈잡고 시비하기 - 62

흔들다리 걸으면 - 64

꿈은 날개가 있어 - 66

둥근 고리 찾아서 - 68

어디서 한뎃잠 자는지 - 70

알섬 체온 물어보기 - 73

간빙기 수칙은 - 75

하프 미러 - 77

금 - 79

어떤 중독증 - 81

신호등 - 83

제 3 부

몽당비에 눈이 자주 가는 것은 - 86

전동차 안의 거울보기 - 88

어중간한 사람 - 90

찜질방에 토를 다는 발가락 - 92

걸음 재촉하는 그 자리에 - 93

부적이야기 - 94

왜장녀 - 96

한마당 다음에 오는 거 - 98

한여름 한 줄금 소나기 냄새 - 100

흰 머리털 염색하기 - 102

사는 난간 붙잡고 - 103

거울 보면 떨리는 입술 - 105

웃음은 전혀 다르지만 - 106

날씨가 말씨로 들먹거릴 때 - 108

투명 화장실 - 111

지난날만 수집하다가 - 113

제 4 부

가스라이팅gaslighting - 116

착시현상 - 118

불판 냄새 지우기 - 120

베스트 프렌드 - 122

일몰 몽타주 - 124

그라타주 하면 - 126

주크박스Jukebox - 128

노드node에서 - 131

변명, 블랙아이스 - 133

반달 웃음 - 135

택배 - 136

나는 네가 그립지만 - 138

쓰디쓴 어떤 술병 미소 앞에는 - 140

사람과 짐승 사이 - 143

개다리 춤 - 145

비비새 - 147

제 5 부

떡갈나무 숲을 거닐면 - 150

팔색조 사는 마을 - 152

하얀 셋 그림자 - 153

나무 뒤에 숨는 그림자 - 154

등불 켜지 않아도 보이는 길 - 156

해안가 다랑이 논 풍정 - 158

이미지로 남는 메시지 - 160

처서 절기 - 162

플루트 부는 늦가을 - 163

그날 입맞춤에서 - 164

마찬가지요 - 166

내 사는 현재 온도 - 169

비비 비 - 171

우리 사는 용서 내나 불러 - 173

열매를 보는 눈빛 - 176

빗방울 사이 나비수염 - 177

차영한의 시세계

초월 세계를 향한 마술적 몽상과 열정 | 이병철(시인 · 문학평론가) - 179

제1부

이집트 여행메모를 읽다

잠시나마 마르살라 포도주빛깔 유혹을
덮어놓고 긴 느낌표로 들숨 다스리는

회복과 위안의 몇 시간이라도 내가
자유로워지는 분발을 더 남기는

그러니까 꿈꾼다는 행복감을 믿는 그대
열정을 여백에 펼쳐놓고 쓸 수 있는 여기

더 가능성을 찾았다 근심이 닿는 걱정을
드라이 되는 그 지점 어딘가를
지배자로부터 벗어난 피부들
야자수처럼 너울대는 오아시스쯤 아니라도

해와 달의 숨소리는 피라미드에 있어
그리고 신神은 박쥐 떼의 적막을
맨발로 모래 속의 깊이에서 혈안으로 두리번거릴 때
동굴 발소리

지나가면 빛과 그림자는
하피*를 해명하지 못하고 있어
나일 강 건너는 영혼의 배가 다가와서도

무덤의 천장에서 간헐적으로 떨어지는
물방울 충돌에 죽음끼리 분리되는 끝자락
왕들의 무덤이 있는 계곡이 휘어지는 걸 봤어

깜깜한 빛살의 파열음에도
하얀 뼈들을 감추기 위해 카이로 시내
돔 꼭대기를 클로즈업시켜 떠도는 새들

다시 찍어주는 블랙아웃의 착각이
사하라 사막의 오아시스를 발굴한 것처럼
열광하는 함성으로 야수들을 몰이하고 있어

낙타 등을 타고 6천 년 전 퍼즐도 못 풀어
내가 직접 본 지난날 1992년 4월 중순쯤에도
거대한 오른쪽 귀 떨어진 스핑크스에게 빌 뿐

사막으로 탈주하는 달빛 붙잡기 위해
수천 년 반복하는 신의 숨소리는
넌지시 비바람에게 맡기고 있어

황금빛을 제외시키는 거기에는 없어
신기루만 이집트어로 점치고 있어
*
5천9백85미터 킬리만자로의 달그림자에
날카로운 발톱 숨기면서
사냥하고 있는 흑표범
태양도 피 흘리는 순간

한때 바빌로니아의 노예족 히브리아인들
거울에는 아직도 르 상티망이 번뜩이고 있어
벌써부터 알아챈 클레오파트라 아우성
찢어지듯 요동치는 도도한 나일 강의 깊이를

부탁한 사하라사막은 피라미드 세워두고
그들의 신神 풍뎅이는 거슬릴 수 있었지만

별들이 반짝이면서 내가 선 위치를 확인하는
모래바람에게 물어보지 못해서
뻐근해지는 여행 가방만 먼저 내밀어 보여줬다
*

나일 강가 어부들은 내 선대들의 숨결로 짠
오시르스의 아내이자 누이인 이시스의 눈물에서

생겨난 나일 강 그 혈통은 호르스, 바로 매의 눈빛

시퍼런 물살의 몸짓은 내 나라 강줄기와
나일 강의 우연일치는 프랙탈Fractal에서 찾았다
멤피스의 승려들이 키우던 황소들이
인도 갠지스 강의 황소와 똑같아

갈대 꺾어 불어보니 아피스의 퉁소 소리도
똑같아서 그럴까? 갑자기 내리는 스콜 때문에

사막 햇살이 옷 마르게 해줄 때도
눈물방울 닦으며 웃는 소리 아!

청승 우리네 아리랑노래였네라
*

두 개의 나일 강, 하나는 진리의 강
또 하나는 지혜의 강을
내가 끌어당길 때 이름 모르는
니네체르 3번째 왕 피라미드의 비밀통로에서
바깥하늘로 가는 계단
아우라의 미로를 가리켜주면서

설자리마저 침 흘리는 거 용납하지 않기 위해
나마저 생포하려고 윽박지르고 있어

스스로 포로 되기를 번뜩이는
파충류의 눈빛이 문 여는 밤 오기 전
카이로 시내 이집트 박물관으로 간신히 탈주해도 등
밀치기 하는 바람에

줄로 선 행렬에 끼어들어서기 전
클레오파트라의 두터운 조개입술

다가와서 다음 룩소르 신전을
보기위해서는 한참동안 눈감고
내 입술을 줄 수밖에 없었다.

*하피: 이집트 나일 강의 신神.

노래하는 니제르 강

아프리카의 니제르 강이 품는 돛배 돛폭에
미끄러지는 검은 남녀들 노래하고 있네

그 노래 전설이 기다리는 황금 강은
거대한 뱀처럼 꿈틀대고 있네

물고기도 펄펄 뛰고 날며 광란하고 있네

그들을 사랑하는 강줄기 위로 삶과 죽음이
강바닥의 별들을 유혹하기 때문이네,

감질나게 그들의 눈빛은 여명黎明으로 빛나네

믿음은 강줄기로 굽이치기 때문이네 팽팽해서
퍼 올리는 밧줄과 양동이는 그래도 놓칠 수 없네

목숨을 담보하는 꿈이 새카맣기 때문이네
금싸라기 찾아 돛폭은 황금 새로 나네

태양신도 함께 살고 싶어 니제르 강을
흔들어 일루젠illusion 눈빛을 쏟아주네

요동치는 하얀 핏줄

아이스폴ice—pall에서 놓아버린 만큼의 만남에는

밧줄이 꿈틀대고 있다, 살아남은 자의 고집처럼

남신男神의 흰 뼈 치켜들고 뼈를 추려내고 있다

기다리는 초모른 마라Mara의 울부짖음이
애타게 찾는 핏발로 칼날 세우고 있다

치닫는 빙벽 속의 투지를 애욕으로 껴안으려 현혹하
는 빙하의 눈썹 사이 크레바스 저것 봐

빙파氷波가 카르마Karma 안개로 뒤섞고 있다

생명의 하얀 핏줄 보여주고 있다

'원초적 장면'에서 보는 내 끈질긴 최초여!

초모른 마라여! 그대로 죽을 수는 없어서 다시
네 백혈구 수혈 받으러 내가 왔다

푸른 눈동자의 불꽃

눈이 쌓여 있는 산을 가까이 하면
눈 속에 눈빛은 눈 속으로 파고드네
그리스 카메라 신의 피사체를 훔쳐보네
아폴론의 월계수 잎들이 반짝일 때까지

프랑스 남부도시 〈아를〉 강변에서
고흐가 아껴온 지중해 눈빛이
되살아나네 그가 잘라버린 왼쪽 귀 끝에
'별이 빛나는 밤'을 볼 수 있네

마이클 잭슨의 '문 워크(Moon Walk)'노래도
들려오네 '오래된 미래'가 눈송이들로 내리네
피레네 산을 보자 그만
뛰어 내리고 있는 눈보라들

웃어대는 내 이빨에 부딪칠수록
내 눈 속으로 달려오네, 내 눈동자는
눈썰매네 아를 강변 가리지 않아도
그쪽으로 흩날리는 지중해 숨결소리

스페인 공항에 내린 여행용 캐리어마저
미끄러지는 눈썰매 웃음소리
하얀 줄 장미꽃이
푸른 장미꽃들로 피고 있네

진공계단

신을 신은 자를 보여주기 위해
최초로 우리네 눈의 계단을
창조하고 있어 그 계단을 밟도록

신神의 눈을 그대로 답습토록 했어
설계하는 신의 숨소리는 먼저
귀와 코의 목울대에 잇대도록

터널구멍을 뚫어 뇌의 2층 3층을
밟도록 했어 페르시아 양탄자처럼
아주 부드럽게 계단냄새부터
지우도록 했어 입의 계단 더 즐겁게

서로 미워하고 사랑할 수 있는
계단 밟을 때 제일 두려워하는 만큼
무서운 무게를 느꼈을 때 으악! 하도록
우리가 우리를 만날 수 없는 것처럼

그 계단을 믿게 하는, 이제 점찍어
내세운 잘못을 그은 선을 넘으면

신의 발자국소리까지 알 수 있을까

침묵의 계단에서 유머계단을 밟아야
별들의 놀라움까지는 들을 수 있을 걸 하지만
꿈의 해석만으로도 이 우주 어딘가에
계단이 있다는 것은 허황하다
고발당할 수는 없어

이제 신도 오를 수 없는 그 계단은 바로
날개에 있는 걸 비로소 찾아냈어

이미 낡은 현수교는
학의 날갯짓을 하지만
지금은 맨발로 걷는 길은 끝났지

그래서 신의 계단은 공중에는 없어
아우라 계단도 없어
무의식 계단은 더더욱 없어
그러나 우리 뇌의 3층 구조에는
나선형 진공계단眞空階段이

있다는 헛웃음에 동의할 수 있어

위험한 가설이기는 하지만 지금 그 계단을
찾은 0과 1의 인공위성들이, 우주 택시들이
달, 화성, 수성, 금성, 토성으로
오갈 수 있는 실재계實在界는 성큼 다가왔어

동일성으로 비상하는 꿈을 꾼다는 것은
날개가 타지 않아 거기에 집을 짓는
메타버스Meta—verse가 있어

투명한 유리 계단에서 삶과 죽음
모든 판테온*이여
찐득찐득한 마티에르 쉼표, 파피용*이여

그렇지만 그대가 애타도록
찾는 계단은 지구에 있다.

*판테온: 그리스어 Pantheon인데, 모든 신들이라는 말.
*파피용: 프랑스어 papillon인데, 나방 또는 나비의 뜻.

카오스 날개 달린 지팡이의 마술사여

아무개 나라 가죽 잉어 껍데기만 둘러쓰고
일찍부터 후회해온 일은 없지만

추락한 과거를 비웃듯 나비가 태어난 집을
한 바퀴 돌다 멀리 날아가듯
되날아온 척박한 땅

숨기기 앞을 가린 바빌로니아 노예
히브리아인들을 이동시킨 모세는
계속 시나이반도 홍해를 갈라내고 있어

그 바다달팽이 피부는
카오스 날개 달린 지팡이
최초의 기표는
구멍 난 비난으로부터 시작됐어

사막의 물소리가 빨랫줄 잡고 목마름에도
창조하는 자신감 있기 전

히브리아인들이 모여 이름을 다시
이스라엘로 고쳐 불러주기를 눈물로 쌓은
통곡의 벽 앞에서 절절한 고백

끝없는 그 속의 물방울 떨어트리는
컴퓨터 제어가, 그들의 영혼인 잉어로 하여
해수 담수화를, 암반층의 녹조를

드디어 해소, 약속의 땅을 부활시켰어

끝까지 일구어 낸 네거브 사막이
갈릴리 호수를 가리키면서 블랙홀을
극복하라는 호통에 실천해온 자들이여

2천 년 이래 신의 물방울소리 찾은
약속의 땅 딛고 일어선 모든 시련

다 바쳐온 르 상티망의 승리자들이여
내 눈으로는 볼 수 없는
그들은 모세의 지팡이 그림자였나니

블루타임Blue time

자유가 가장 빛나는 곳은
주이상스Jouissance를 절정으로 사냥할 때다

스페인 몬쥬익 언덕에서 본
에게해에서도 시작되고 있다

바위 틈새와 싸워온 포말이
에게해를 선셋 필라테스
하고 있어 아프로디테처럼 살아온
본성의 빛살을 펼쳐주고 있다

뜨거운 응시의 중심을 가리켜 주기 때문일까

고대 이집트 유적지에서도
우주를 지탱하려는 작은 점과 곡선들
서쪽에서 빛난다는 '루키', 지평선의 태양신 '하르마
키스', 파라오의 살아 있는 모습 '쉐세프 잉크'를 뜻
하는 수천 개의 스핑크스 그중에서도

내가 직접 가본 이집트 기자Giza의 거대한 스핑크스
머리 위에서부터 코브라가 사라진 미스터리

시간 따라 태양신의 이름 아침에는 '케프리', 정오에
는 '라', 저녁에는 '아툼'을 지금도 질투하듯
에게해로 헤엄쳐 온 그날들이 가장 젊어지려는

그리스 파르테논 신전 황금비율마저 비밀로 숨겨 두
었을까 불면증에 걸걸대는 델피 신전마저
어디서 본 듯 매의 날갯짓으로 적나라한
눈과 눈 사이 번쩍이는 '아툼'빛살 잇대고 있다

순간적으로 낯선 길 그 벼랑의 어둠마저
'루키'신神의 모습을 보여주고 있다

마찬가지다 티베트나라 불사도
샤머니즘 빛깔도 그리고 내나라 땅
통영 미륵산에서 본 돌산바다 붉새, 순천 선암사 무
지개다리 아래로 펼쳐지는 만추晚秋 순례 길에

만나는 절간 사천왕상 더운피들

절절한 한을 벼루에 갈고 갈아
남은 사연마저 되살린 탱화 그중에서도
목수 삼형제가 팔년에 걸쳐
은행나무 이백 그루로 성화한
북한산의 승가사 대웅전의 목각탱 그중에서도

조선 정조 왕 부친 사도세자 비원을 삭히는
경기도 화성 화산 용주사 대웅보전 내에
영산탱, 약사불탱, 아미타불탱을 그린
김홍도 후불탱화에도 바로 꿈틀대는 여명黎明

놓치지 않으려고 피와 눈물을 짓이겨
붓 먹물 떨어지기 직전의 순간을 그렸나니
이젠 동서東西 비트맵 속에 살고 있는 내
죽음의 입술 불태우는 메토스 와인의 빛살이여

공감대의 빗변에는

검은 담즙 분비로 해괴망측하게
잘 길들여진 기질들의 반란자들

그것을 그림자 뒷면이라고 볼 수 없어

나의 모습이 모성적 결핍에서
오기까지는 너무도
타자적인, 불만적인, 도취적인
아 그래서 광포狂暴한 해작질
뭣을 불태우고 있다

힘으로 파괴해온 디오니소스
반잔 술에 취한 환락적인
나의 뇌리 한복판을 점령하듯

일몰을 칵테일로 퇴화시켜
버리려는 것도
그래서 변곡점에서
이젠 드론을 날린다?

내 머리 쓰다듬어주는
매의 깃털처럼 아폴론 신전을
오르는 빗변을 지금까지
월계수나무는 말하지 않고 있는데…

주고받는 기다림

햇살과 바람이 빚는 물이 나무를
현재도 키우는 연유, 이미
태어남의 원형질이라고 보는 때문일까?

반복해 봐도 산다는 길은
잘 보이지 않네 감도록 기다려도
내 시간들 볼 수 있을까?
때로는 잊어야 쏟아지는 비에
휩쓸려 갈 수밖에

없는 날 미리 앞세우고
다스리는 하나를 주고받는 기다림
돌아오겠는가? 나의 마지막 생각조차
거부하는 잘못이라도

더 이상 오지 않는다는 사실
많지 않느냐 너의 그 간살스런 혓바닥으로
휘감기는 원인들도 아니네 짓짓이
그 짓을…껄끄러운 풀 한삼덩굴들만 보여

일러주던 날들이 겨울보다
베어지는 날에도 시드는 변화무쌍을
명도 점쟁인들 담배 한 대 길게 내뿜어도
참을 수 없는 불만을 불면한다고
퍼즐이 풀어낼 수 없어

아크로폴리스 언덕쯤의 먼 하늘 위
매를 날려서 그날 크레타 섬에서
탈출한 애비 다이달로스 말 듣지 않아
태양에 녹아 떨어진 이카로스 날개를
에게해에게 물어도

명쾌한 대답은 없지 않는가!
그의 아버지 다이달로스가 발설했지만
사실일까? 앞으로도 지연되는 전설로만 남는
미스터리 비행설

내 눈을 지켜온 거기서 푸른 별 하나
북두성 중 초요성만 빛나고 있어

관람, 스페인의 투우장

자칭 태양의 나라 한복판에서
교만과 우직함을 빛나도록 처절한 대결

지중해의 욕망과 절망의 검붉은 피를
불태우고 있네, 본능의 낭떠러지에서

무서운 허무도 덩달아 웃네 저 시뻘건 태양이
피 흘리게 하는 피카소의 버전

팽팽하게 버팀으로 긴장감마저 닭살로
촉발시켜 날 뛰게 하는 살덩어리끼리

검붉게 펄럭이는 자존심 그 카포테*
그러니까 1천9백9십2년 사월 중순쯤이네

흑장미 꽃이 폭발하는 불꽃놀이 아우성을
마시다 시계를 녹여버린 살바도르 달리

드로잉 속의 블루라인에 걸린 햇살에

에게해 황금치마를 광란시키는 플라멩코 춤
스페인의 속치마를 뒤집혀 보여 주고 있네

검붉은 장미의 피를 마시고 열정으로 사는
피의 사육제에 스스로 불살라야 시원시원해

*카포테: 투우사가 흔드는 빨간 천.

돈키호테하고 사는 여자

비수 휘둘러 작달비 잘라낼 때마다
웃어대는 여자

생활을 자른 만큼 비참하게
부드러워지는가? 비애들마저 비통해하는
거기로부터 탈주하고 있는가?
그런지 도마 위의 칼 소리도 늙어
굵어지는가? 그 큰소리가
오히려 나를 내려치는 비수

빗나갈 때마다 누가 밖에서
불러줘서 간신히 도망치는 때가
후련하다는 거기서 티르소스가
도리어 나를 지팡이로 짚어
앞세우지 않는가!
돌아온다 빈정거리는 소리

못들은 체할 때 깽깽대는 푸들
강아지 앞발 들도록 하여

후줄근하도록 자르는
하얀 파뿌리 한숨
문턱 밟을 때 싹둑! 싹둑
자르는 소리에도

시치미 떼는 머리 없는
마네킹 눈웃음으로
옷걸이에 마이를 받아 걸었을 때
"도랑이…!"
분노하는 거위 한 마리마저
꽉! 꽉 소리친다

이웃 할머니도 오다가
혀 차며 되돌아간다

혓바닥 끊고 죽을 수 없다는
유방암 투병기 써온 그 빗소리를
자주 읽어보지만 현재 살아 있는 목소리

늘 엇박자만 남았던가? 그러나
아직껏 뭣인지 물어보지 못해
이제 팔순 나이에도 널브러진
별거 생활로 나선 먼 길

그날은 스페인에서 만난 돈키호테가
칼로 내 옆구리를 쿡
찌르려 할 때 알았다

세 살 더 먹은 값으로
아내의 식칼을 빼앗았다

기피한 시간들을 자르는
칼끝에 주르륵 내리다 뚝 그친 아
내 앞치마의 저 빗소리

요새는 나를 바로보고
자주 웃어주는 숙제를 읽어준다

수영 모자에 숨기는 모자

핑크, 레몬, 라임lime 나무색들이
톡톡 튀는 팝 컬러 산 너울이
요동치고 있어

덩달아 새와
나비들이 내살스러운
무늬를 뿜어대고 있어

남의 시선을 벗어나려고
바동대고 있어

칠월 중순쯤에 태평양
마셜군도 서쪽 비키니 섬이
여름날의 비키니 수영 모자를
일부러 돌고래들이
빼앗았기 때문이야

미안해하는 눈웃음 속에
감추고 있는 줄은 아무도 몰라

햇살이 내 눈을 가려줄수록
나의 하얀 파도

검푸른 머리마저 쓰다듬어주기 때문에
괜찮아! 괜찮아
환생한 분홍색 연꽃들이
헤엄쳐오니까

이방인

맨해튼의 숲 센트럴파크에서 내가
없어졌습니다. 그때가 1995년 8월
멤피스 세계시인대회에 참가한 후
뉴욕거리를 밟을 때였습니다.

다른 감각 관찰에서인지
야생식물 사이에서
나를 채집하려 할 순간이었습니다.

아스파라가스만도 못한
원시 식단에 앉자
초록바탕의 함량미달로
제외되었습니다.

남아있는 모든 것들에게
부탁하는 제자리를 돌려달라고
간구했을 때는 겨우 나비 한 마리만
날아와서 출출 비늘 뿌리고

마주하다 날아가고
있었습니다. 뉴욕 앞바다가 울적한
그런 열등감으로
추방당한 외로움은 아니었지만

내가 본 검은 새

하이웨이 위로 날고 있는 검은 새
1995년 8월 04일 오전이네
센트럴파크숲 녹색 잎이 날고 있어

미국 버지니아주로 갈 때는 처음 본
평행선의 현기증을 사로잡아 지는 햇살을
휘어지도록 날갯짓하고 있어

워싱턴숲으로 날아와서는 잠시 둘러보고
나를 발티모어로 이동시키고 있을 때
누아르 이파리로 날고 있어

투숙하는 나의 침대를 벌써 야릇하게
손질하고 있어, 가랑비 소리 겹쳐지도록
블랙블루 팔베개를 높이는 이어링 은방울소리

자꾸 닿아서 잠들지 못하는 도어 번호마저
먼저 뛰쳐나가고 싶은 날갯짓소리
내게 온 케이크 포장지를 뜯기 다행이었네

죽는 자는 몰라

아플 때마다 어디쯤인지 지나간
나의 회오 속의 주마등들
다 헤지 못하지만
알아, 드라이브하면

팔월넝쿨에 익어가는 포도 알
씹히는 만큼이나 돌아가는 길목
들큼한 것들이 이빨에 부딪히는 그곳

그리운 본향 그 언덕에서
드러내는 발 뿌리

긴 목을 뽑다 비상하는
백학 한 마리 비상준비
아픔보다 더한 그대 깃털
걸치고 귀에 걸린
웃음으로 날면

나는 행글라이더

티베트 나라 창공 지날 때
검독수리 눈매에 들키지 않는 눈높이
그 아래 '어기호숫가' 우수憂愁를
분비하는 거기서

은하수로 흘러가는 만큼 숨찬
진행형으로 날갯짓하다보면

이집트 오시르스 신이
지배하는 세계도 아닌 별들을 삼키는
3만 광년의 거리에 신神의 지문指紋도
없어, 없어서 소카르 신의 배를
타면 알 수 있을까

그곳은 하나라는 새카만 절벽 아래로
한없는 낙하에도 수평선에 닿지 못해

마지막에 눈을 떠도 어딘지 몰라

프랑스 지팡이, 바게트 빵

달콤한 혀끝을 휘돌아
도망치는 그림자를 물고
나타난 까마귀 몇 마리

날씨를 물고? 이리저리 날면 떠오르는
프랑스 파리 가장 넓은
콩고르드 광장Place De La Concorde

분수대가 있었던 거기서 결혼하고
단두대의 이슬로 사라진 루이16세와 왕비
마리 앙투아네트 마지막 웃음 보았다

오늘은 보헤미안으로 바게트 빵 먹으면서

시민의 자유와 권리보다
베르사유만 가리켰던
그 황금 지팡이를
먹어치우지 못한 저 착각

제발! 빵으로만

보이지 않도록 애타게

딴 데 둔 마음마저 없었더라면

제2부

날아다니는 핸드폰

SHOW 공짜다! 공짜는 SHOW다?
정육점에서 떨어지는 핏방울로 쓴
현수막끼리 멱살 구겨 잡고 찢는
이빨 덜덜 갈도록 호들갑 떠는
별난 신자유주의 판매자들이여

핸드폰 끈으로 가오리연을 띄우며
SHOW는 공짜 아니라고?
톨게이트로 빠져나가는 피노키오
콧방귀 소리 알어?

백내장 심한 도다리 왼 눈깔로
불만 지피느냐
대머리 마네킹 속살은 어떠냐

빗자루로 달마 상像을 그리다
떠다니는 비눗방울 웃음소리에
그 새소리를 뒤섞어 트잇Tweet

검은 우유 마시는 토끼들이
깡충대는 거, 아 그런 건가?
껌 씹는 소리 눈감기고

사냥하는 스마트워킹 앞으로 온
문자메시지 내용 나는 몰라 모리배여

너마저 어정쩡 물정 모를 수밖에
심상치 않게 화성에 날고 있는
드론꺼정 간섭하는 우주택시 핸드폰

어떤 건지 알어?
메타버스Metar-verse 시대에

블랙아웃

스모그 · 황사 겹친 중국 발
미세먼지는 햇빛을 잘라내고 있어

하얀 구름이 내린 목화밭
햇솜 숨결웃음마저 밝아내고 있다

사막을 걷는 눈뜬 봉사들의 기회를
혹사당하지 않도록 부추기고 있어

그 혼미를 모래거울에다 숨기고 있어
긴 머리카락이 바람에 굳어지지 않도록

불안한 두려움을 휘감고
있다 깊은 계단으로 내려서는
쾌락의 넝쿨들 출렁이는

무지개 커튼으로
마스크 할 때마다
혓바닥 상동증常同症은

불안한 톱날 되어

야전용 텐트를 절단 내고 있다

*블랙아웃: 여기서는 필름절단 현상을 말함.

어떤 것의 다른 또 하나는

굴곡진 거기에는 잉크병 없는
붓펜 볼펜들이
70°경사를 내려가기 위해
서서히 움직이고 있어

그물 한 가운데의 물발을
깁고 있어 얽어매며
써내려가는 글씨들을
보여주고 있어
클립행어 스타일로
처음 밝혀진 곳

'혐오감의 계곡Uncanny Valley'을
막 지나고 있어

누군가 '팔십년간 연구한 4분의1 암흑물질
우주에 있다'는 새로운 사실

이 시간 속의 틈새를

욕망그래프가 의미사슬의 분열을
프레임하고 있어

그뿐인가 '60w로 작동하는 탠덤 히트펌프
에, 약 60℃를 유지하는 안전온도를
공급할 수 있는 해수냉난방 공감온도'를
휴대용 동영상 재생기로 저장하고 있어

이를 위해 바다의 거울뉴런은
의식 최하층으로 포크를 잡고
잠행하고 있어 바로 혼융하는

소리를 눈으로 듣게 하는 기호들이
관계망상으로 환각, 환청을
차단하고 있어

새로 발견된 몇 개의 지구를 알지 못한
우주 연구자의 관점을 동반한 주장들이
도달할 수 없는 지점에서는

사고의 두절Blocking을 감행하고 있어

본인에게 유리한 화상성 조작을 하고 있어
어쩔 수없는 '비트겐슈타인'은 내성반성,
그러니까 렌즈에 없는 인트로스펙션 하고 있어
언어의 휴가마저 반납하고 있어

들숨 쉬기

자유의 문을 열고 결국 사는 울안으로
들어서고 있어 행사장에 갔다 온

윗도리를 벗어 던지면서 뭔지
하루 먼지를 털어대고 있어

씻는 손발 버티고 있는 중심
멍든 몸통을 리듬에 맡기고 있어

컴퓨터 오류에 중독된
손가락들 보면서ㅡ

무거운 짐 앵커 같은 발가락으로
안착하는 땀방울 씻을 때는
맞은 편 거울이 보고 있어

부드러운 타월로 감싸고 있어
오후 어스름을 옷걸이에 걸치면서ㅡ

잘 구워진 농어 안주에
한 잔의 레드와인
진홍빛 날개를 수혈 받고 있어

낯선 해안선 따라 날다
만나는 뉴 브리지
위로 휘익 한 바퀴 날아갔다
오고 있어 다섯 개의 날개 단
별들의 발리댄스 보면서—

어쩌면 파도자락에
잘려나갔는데도
간덩이처럼 되살아
파도타기마저 하고 있어

별들의 날개들이 들숨소리로
돛 올리는 곳
과연 그대의 이름은
온종일인가 반일인가

*들숨: 여기서는 비상하는 '영감'의 뜻을 말함.

어떤 착각들

너무 기름지게 친밀한 기억들이
다리를 치켜 올리며
세상 밖의 발톱으로
눈 흘기는 말투들
골반을 지나오면서 양수 고통을
받고 있어 그만큼이나
서속黍粟 대가리를 비틀고 있어

갑자기 덜커덩덜커덩 홱! 창문이
열리면서 부서지는 유리조각에
박힌 돌개바람 실룩거리고 있어

박살내려는 조짐에 스님처럼
삭발해도 분노로 팍팍
긁어대고 있어

심지어 백안시하는 미움도
웃으며 칼날 바람으로
번뜩이며 대들고 있어

굶은 자의 입술들이
연탄구멍에서 떨듯
유전자들의 약탈을 꿈꾸는 부랑아들

혀 놀림 소용돌이가
빈 잔을 내던질 때마다
토종 국화꽃들은 혈육으로 울고 있어

엉성한 싱크 홀은
지푸라기로 덮씌워 놨어
보이지 않게 거세당한 항문의 불안들
요도를 통과하지 못해
엄지손가락을 꽉 깨물고
수프만 휘젓고 있어

농담만 배설하고 있어
돈과 똥 사이에서 으와! 와우!
야비한 음탕을 훌쩍대고 있어

그것 봐 동자 꽃이
아닌 17세기 네덜란드의
'셈퍼 아우구스투스튤립' 투기 열풍처럼
기습하는 드론 무인기를
수직 상승시키고 있어
유아기 때의 침대를 박차면서

부모들이 경악하는
결핍들이 가늘고 긴 슈크림에
초콜릿 장난 끼를 퍼즐로 풀고 있어

모든 것을 굴복시키지 못해
노골적으로 음소 이미지들마저
성인들은 손가락 빨기
자위에서부터
공중으로 내뿜는 담배 연기

망막 점에 전달되지 않는
고갈 틈새 노리는 분열
이미 이반離叛되고 있어

개꿈잡고 시비하기

이 추운 겨울에도 아내는 친정 집
감나무 밑에서 줍는 홍시 감을 맛보다

그거 또한 모자라
숨겨놓은 곶감마저 꺼내려고

쥐구멍 같은 데에 손을 밀어 넣다
물컹해서 손을 빼내는 순간 들켜서

떨리는 온몸은 이미 우락부락한
낯선 사내 팔에서 빠져 나올 수 없어
한참 고래고래 소리쳤지만

옆에 잠자는 이녁은 반쯤 입 벌리고
드르렁드르렁 코골면서 씩씩! 뱃속 웃음
추스르는 거 보고 어이가 없어서

알고도 일부러 돌아눕는 잠꼬대 흔들 때
(알것다. 알았다 이 무신 일이고 참!) 금세

62

코골며 바다 밑으로 보글보글

가라앉는 물방울 소리는 더 허전해서
코끝꺼정 비틀어 일어나 앉혀도 되려

임자는 무슨 개꿈을 그렇게 맛있게
꾸느냐고 투정하는 이 한밤중

웃어댈수록 기가 찬
푸들개가 부끄럽다 짖어대고 있어도―

흔들다리 걸으면

배꼽 위에 얹어 놓은
모자로 가려지는가
발바닥의 그릇된 실수
건달이의 강박 증세는
너무나 양심적으로 박박 문질러 씻어야
하는 엉터리 기분을 모른다고

심지어 예삐 아줌마는 가스밸브마저
잠그지 않은 채 받은 편지에 답장 봉해
우체국으로 달려가려다
돌아서서 주저주저 하는 걸음걸이
되 밟혀 문득 휴대폰 만지며 생각난다고

그때 물 대접에 빠진 똥파리가
울음소리로 전화 거는 흉내에
전화를 건다 분명하게 보이는

무엇을 하고 있는가를 안다는
미소에서 그렇게 하라는 그거

생각 나름대로 마음속에 있다고

…그래 믿고 말구 보이지 않게
그거 다 알아! 내꺼 보여주잖아
항상 다 보이지 않게 저만치서

나를 보여준 그건
첫발걸음소리뿐이겠냐
믿음의 다리 놓는 일
먼저 나서야한다고 그러지

그래야지 다리끼리 든든한
허벅지 뼈골끼리 이어져야
내가 건널 수 있는 흔들다리라고

꿈은 날개가 있어

쿨 비즈 휘들 옷*마저 벗어버려야
일탈하지 않는 꿈의 날갯짓을 할 수 있어

스마트폰 속의 바둑판에 방둥이나 까놓고
우편함에 쌓인 신용불량자 통지서 몰래
훔쳐 통시桶屎에 앉아서 보자마자 버글대는 구더기
읽어대는 모양새 그것도 거들떠 안 보려고

콧구멍마저 자주 후빌 여유 없이 땀방울이
알차 오르게 게을러질 수 없는
감히 먼눈을 팔지 못하게
얼른*도 못하게 줄줄 타 내리고 있어

오덕五德 믿고 잔소리하는 맴맴 매미
미이未而… 말매미 문文 · 청淸 · 염廉 · 검儉 · 신信
그거가 문제야
방둥이 되풀이 셀카로 찍어댄들 무용無用

당장 두꺼운 허물 벗지 못하는

한철 지나 비로소 열 번 이상 벗은 후에야

날 수 있잖아 물론 날갯짓이

꿈에서부터 시작되고 있지만—

*쿨 비즈 휘들: 여름 직장인들이 상용하는 시원한 옷.
*얼른: 여기서 '얼른'은 꿈쩍도 안 한다는 방언임.

둥근 고리 찾아서

눈 내리는 날의 불안한 얼룩들
풍크툼Punctum이라
이름 부르기 위한 것은 아닙니다.

하얗게 서리 끼는 안경 서둘러 강둑길
내달려보는 머리칼 위로
벌써 당도한 은빛안경

굴렁쇠가 멈칫멈칫 서성거리고 있습니다.

떠오르면서 보름달빛이 토해내는
실버들 감탄사들도 만나면 다시
강물 속으로 투신하리만큼이나

눈물보다 더 진하게
모천母川으로 날아오르는
연어 은어 떼를 보면서
초롱초롱한 그놈들이
서로 찾고 있는 눈매들 봅니다.

분노하는 것만큼이나 둑과 보洑들이
소용돌이 물살로 간절함을
차단시키는 거 봐요!
죽음 앞세워 피투성이 저항마저
무참히 꺾어버리고 있습니다.

관솔불 켜자 뛰쳐나오던 참게들마저
으 흐흐, 으악…! 내 거품마저
내뿜으며 폭발하고 있습니다.

풀꽃반지 춤추던 내 유년
민들레 길마저 쓸어버리며
쑥대머리 풀고 입 다문 길도
신 둘러 간 그 여인의 둘레길 따라 개미들
한여름햇살 발자국을 만들고 있습니다.

아직도 서로가 맴도는
둥근 고리 찾고 있지만
야발쟁이 이야기만 헝클어져 무성합니다.

어디서 한뎃잠 자는지

이십일 세기 시작하는 승강장머리 벌써
집 팔아 외제 고급 자가용차 타고 다니는
착실한 그대 아들 왜
카드빚에 뺑소니쳤을까?

그러면서 제발 교통순경한테는
들키지 말라 그리고 전출한지
몇 년 만에 알게 된
신용불량통지서 보고
"애비가 네 어미 명의로
된 집 잡혀 빚 갚아 줄게"
"그만 놔두세요."
"조용히 혼자 살고 싶어요!"

탈기한 휴대폰이 눈물에
미끄러지는 소리
넘어간 이후 몇 거년을… 무더운 날에도
갑자기 내려가는 기온에 얇은 옷

해진 신을 신은 채 어디쯤서
한뎃잠 자는지 그것도
그것이지만 부쳐주고 싶은
목욕 돈 은행계좌번호도 주소마저도
알 수 없어… 이젠 휴대폰도 꺼져 있고

돈 있으면서 없다고 잡아떼는 놈들
흘리는 눈물보다야 팍팍 써버려도
떳떳한 당신 아들 남아 있는 용돈으로

수배자처럼 공연히 쫓기는
검은 옷차림 옛날 교통순경처럼
차들만 붙잡고
애걸복걸하다 한뎃잠 자는—

배고픈 눈물 찾아 노숙자가 된
그 애비도 울면서 오가던 곳 다시
내려간 지하철 그 의자에 기댄 채

일부러 눈감고 시방 자네가 한 이야기를
내가 말하는 것과 똑같아, 니는 아니라 해도

알섬 체온 물어보기

안 되겠다 자네
기다리기는 너무 늦다
바다가 자꾸 헛웃음 치니까

일렁이는 바람이
그 섬 둘레 돛단배 돛 올리듯
새 떼 휘몰아 부채춤 추니까

저기 저것 봐
눈부신 햇살 흔들어
새파란 눈동자들끼리 쏘대고 있잖아
하얀 찔레꽃의 먼 아우성들이
왁자지껄 계절학교 개강 첫날일까

생태철학의 강론 중 해조음 알속에
공유된 조류 속으로 이어지는
바닷새의 휴식 중에도 레크리에이션
카리타스Caritas도

바닷물소리를

맞아들여 그랑주떼라기 하는

발레공연도 때론 발리댄스와

플라멩코 춤을 뒤섞고 있다

* 통영 어부들은 알섬 또는 갈매기 섬이라고 부르는데, 지도상에는 홍도鴻
島로 명기되어 있다. 통영시 한산면에 속한 섬으로 등대가 있고 조류천연
기념물로 지정된 섬이다. 팜므파탈 같은 알섬은 갈매기 떼 등등 바닷새들
이 생태철학을 강론한다 할 수 있다.

간빙기 수칙은
—포스트코로나19 극복 위해

분노하는 죽음들이 음침한 어둠으로
덮어오고 있어 파멸로 휘모는 무섭고 두려운 역병
코로나19의 살인적인 창궐

우리의 불안마저 마스크로 차단하고 있어
순식간 납작코 오징어로 눈감기고 있어 아직도
강인한 우리의 면역 아바타 어디에 있냐?

그 사이 스펙트럼 해시계는 어디 있어?
자연이 손잡아주는 행복은
뼛속 고민만 야금거리나?

생사生死 교차로에서 질문하는 인간으로
태어났다면 해답은 우리 속에 있어 그럼에도
판데믹 현상 걷잡을 수 없어

아! 생명의 소중함 앞에 솔선하여 지체 없이 스스로
온몸 다 바치는 의료진들 그 순백한 애벌레
중에서도 나이팅게일들 해국화 같은 봉사자들

강렬한 불꽃덩어리들 순발력 주고받는
물 위에서도 뛰는 별빛처럼 구원의 손길
이 지구를 지켜야하는 호모사피엔스

당당히 걷도록 용기를 주는 사랑의 반딧불

굳은 내 어깨를 안마해준다 고맙소!
마스크를 했지만 정말 고맙소, 고맙소.
슬픈 빗소리에 어이어이! 떠나려는 눈물마저

막아선 빛살처럼 지금 이 시대 간빙기 수칙은
충분한 일사량日射量뿐이라고

바로 아바타 반딧불 내다 거는 새로운 숲이 손짓
하네, 우리네 웃음꽃 태양은 다시
폴라리스를 가름하여 떠오르고 있어

하프 미러

초고속 버스 타이어가 타는 냄새
상주 없이 죽은 자 발인제의 탕수냄새
주방냄비가 타는 생태냄새 비슷하면서

포장마차에 숨어 있던 바람마저도
도망칠 수 없도록 배인 개 콧구멍을
쏘아댄 땡벌 떼의 활기에
한여름 햇살마저
따끔따끔 훼방 놓아

똘똘 구르다 못해
통분하는 지경에도
겉절이에 한쪽 눈만
퉁퉁 부어올라 대낮열기에
녹아내리는 그렁한 내 눈물
얼룩 반쯤 보이는 구나

갑자기 튀어나온 왕방울 눈깔
왕잠자리도 아랑곳없이 하늘 높이

치솟다 아스팔트 한 복판에
떨어지며 수중오토바이 소리

꼬락서니 청승 내 유년시절 때깔
더 툭 튀어나온 유리눈알 볼수록 아하!

그래요 진실도 까집어보면
처방약이 되는 갑다*
누군가 반쯤 감긴 내
눈알 따돌리면서 비쭉거려도

*하프 미러: half mirror임.
*갑다: ~하는가 보다의 방언임.

금

간 금에도 금이 선다
내 선에서 금을 친다 금을 긋는다.
숨기는 금을 보여주면서 금을 정한다.

어중간한 군소리에 까 주지 못하도록
거미줄로 테 맨 금 간 것부터 세우는 금

동굴에 거꾸로 매달린 징그러운 황금박쥐 같은
천금 만금보다 순금만 정해놓고 처음 내색한
금을 그어 치는 금을 길 안으로 밀어낸 난전

더, 더 뜬금 넣고 싶어 목 뽑아 흔드는
금계金鷄 벼슬 발거해진 성달가지로 안 아프게
뽑는 깃털마저 눈치 보여 딴전에 가서 넘보는
출금 수금 날갯짓 해 걸음에 결국 쫓겨

파장 떨음이 금에 헐케 다줘 마수한
첫 혀 돌금 친
참한 금 더하기 침 흘리는 이문 앙증맞은

새들의 주디이* 바깥 금 빼도 묵직한 줌치*

질금 내 건너 당도한 당금마을 더위잡는 금선네
두 발짝 아장걸음에 뻐드름한 금이빨웃음 연신
벌어진 뭉클한 저녁이 다아, 이뿌이다* 하 것나.

*주디이: 주둥아리의 방언임.
*줌치: '주머니'의 방언임.
*이뿌이다: '이것뿐이다'의 방언임.

어떤 중독증

미칠 만큼의 인기와 호평은
박수소리만큼이나 헛웃음에서부터
시작되었다 그것은 토론회에서 더욱

따낸 자격증들을 꺼내어 보이듯 엉키는
공감대는 어처구니없는 폭설暴雪처럼
펑펑 쏟아지는 폭설暴舌
에, 얼어붙고 있다 드디어

접속된 해결사의 만족도가 커다란 목소리로
토해 내는 불투명성

투명성의 나머지 90%는
무슨 '새 끈'인가 '$'놀음에
너무 치중한 나머지 사이버 공간에서
'넘'으로 바꿔 버렸다 괜찮아 아이피Ip는
걱정 없어 채팅 '앤' '우캬 우캬' '조아'
'끌쩍끌쩍' '얼큰이'—'잼 있셔'
'추카추카'의 잡동사니 꽃이여 '^ ^'속에

감염되어 지랄하는 바이러스여 그러나
늦출 수 없는 아니 벌써 '아봉'
'꽈당'건설회사의 컨설팅
결과로 나온 해괴한 사이코패스

―빈 의자들의 하얀 박수 소리에
새카만 발자국들을 계속 필름에 담는,
보이지 않는 가쁜 숨결이 하동 화개 땅
십리벚꽃 길을 각인하고 있어―

신호등

그늘진 빈자리에 깊숙이 감춘
그 할딱임으로 오늘은
낯설게 다가와 막아서는 안개

동공에다 털어대는
빗방울 앓는 백내장보다
그대 찾고 있네 갑자기

눈부신 빛줄기가 헝클어진다
연못 한 가운데로 터트리는
푸른 거울 속에서도 보이지 않던

꽃 대궁 흔들며 그냥, 그냥 건너편
한마당 하고 있다 며칠 전부터

꽃자리에 얼른거리는 얼룩허물들이
되돌아오는 순간 무지개 우산들이
건너가다 뛰기 시작한다

제3부

몽당비에 눈이 자주 가는 것은

비가 빗질을 합니다 자꾸
빗자루가 길어지면서
긴 머리카락 흩날리게
합니다 보이는 모든 거 흔들림

바람으로 하여금
보이지 않게
빗자루가위질 합니다 집 안마당에서
발자국 없는데도 지우기를 열심히 합니다

원래 비위맞추는 유諛하다 저 근성이라
공연히 건드려 그림자에게 살붙이는
좋은 말 첨諂 합니다 그 또한 시장기에 지쳐지는
않았지만 낯붉힐 일 그것보다 구듭치기

개코 지코가 넉장거리 미열媚悅 봅니다
심지어 까다기 있는 자갈판 마당으로
불러내면서
가장 사랑하는 것들만 골라 혹독한 매질

뭉텅뭉텅 그의 머리카락들이 뽑힙니다
하늘만 격노하여 기움질에도
다락같다 우야노! 그것도 모르는 체하면서
끝물 따는 고추 치사랑

시원스럽게 제 자리 쓸지 못하면서
몽당 빗자루에 자주 손이
가도록 어먼데로 쓸어 몰아
뭇방치기 합니다요

전동차 안의 거울보기

맨날 장날이 서듯 서로 손잡을 때
웅성웅성 더 살고 싶어져서

온몸 달아오르는 불꽃은 산불 되고
산은 콸콸 물소리로 다시 불 끄고

모이면서 새로움으로 용출하는
골짜기의 돌 틈새
거대한 동굴 속으로
파고들어가도 배꼽만 웃음에 들켜

바다를 보러가는 걸음 더 벌겋게
설레도록 흔들리는 것은 역시 온기를
서로 나누려는 의도는 없지만
우연히 동승한 우리들

확신에서 꼭 그 사람 선연히 만날 듯이
만나야하는 것처럼도 아니면서
반가워서 그쪽에서 슬쩍 내릴 때는

그림자도 서운해지는 그러한 만남들

앞세워주는 초인종처럼 눈웃음으로
말을 걸 듯 눈빛 피하면서
그냥 나누는 시간
크낙새로 펄펄 날아올라야 후련해지는
그거 닿는 만큼 비비도록 흔들리며
우리 여기까지

잠시 한몸 되어 서로
거울 되어 쳐다보기 또 혹시 그 사람?
저만치 쳐다보지 않아도 건행

우리네 한 실핏줄로 달래면서
헤어져도 유일하게 만날 수 있는 장소
낯설어도 거울 보듯 뜨겁게, 뜨겁게 안녕…

어중간한 사람

술로 세상을 푸는 중늙은이
삭삭素素*한 누런 이빨의 분노

술잔에도 뜨지 않는 그믐달이나
챙겨서 마시고 남의 이빨에
걸려 허우적대기도 하고

콧구멍 속으로 낡은 헝겊쪼가리
들락날락거리도록 남 걱정만 먼저 하는

앞뒤 없는 말로 도통이빨이나
갈아대다 엇질 나는 군중 헛웃음 앞에
핀pin들의 결과물로 인한 관절통증

저 질책을 일부러 목구멍 통해
캑캑대는 걸 봐라 다 됐다! 이미지 차용

들큼한 성취감의 술만 보면 술술
솔로*의 핀 아티스트Pin Artist여

*索索: 안심되지 않는 모양을 일컫는 말.
*솔로: 여기서는 혼자 사는 사람.

찜질방에 토를 다는 발가락

하늘에서 쏟아지는 미꾸라지들
장독 위에서도 퍼덕퍼덕 뛸 때 뜻밖에
사방에다 설치한 흡인 발브 벌리면서

살 대 없는 우산 펼 때 문어발 발버둥
눈알에다 익힌 쓸개와 간을 소금에
찍는 것처럼 어쩌면 줄타기하는

빨간 고무장갑 벗는 순간 눅진하게
잘 말려 제 다리 굽는지 꿈틀대기도 하네
바닥마저 벌게지면서 쩍쩍 소리…

사내 한 놈 눈감고 지나다 그만
미끄러져 터진 웃음 킥킥거리는 타월로 가려

소리 없이 토만 달아놓고
발가락 바꾸기 하네

걸음 재촉하는 그 자리에

샛길 가는 길 바삐 서둘러도
나무들은 나를 기다리고 있어

나보다 발걸음이 먼저 그 길을
고집 했어 새소리마저 걸음 재촉하는
그 자리에 눈[眼]과 눈[嫩]끼리
그간 안부를 묻고 있어

겨울눈이 내 눈을 의심하고 있어
어두운 내 눈의 눈곱을 닦아주면서
오가는 구름들 누구누군지를
그 아무개 걸음으로 묻고 있어

드난살이 따돌린 얼레지 꽃이
고갯길 오르는 내 눈을
끌어당기고 있어 소나기밥 먹듯이

부적이야기

그래요, 갈매기로 돌아온다는
그 여인 한숨 기다려 보아요, 아마도

그 자리가
아니고 이 자리인 것 같아요
저기 아니면 여기

아침 저자 시루떡의 속속들이
간밤 제사떡까지 내다 팔러 간 그 자리
뱀 한 마리 숨겨 둔 그것도

짚으로 엮은 똬리 그 안에 넣어놓고

쳐다보는 동안 하루 줌치 돈을 그냥
잃어버렸다는 소두래 같은 이 자리
나중에도 그 여인을 찾지 못했지만

빨간 뱀이 틀고 앉은 액땜
틀림없는데도

그래요?

재갈매기가 된 그 여인의 한숨
빙빙 돌며 찾고 있던 자리는
늘 갈매기가

보이지 않는 울음소리 들리네요.

왜장녀
—시궁창

그 여자가 웃을 때처럼 허드레 물살
철벅철벅 엉덩이 추스르는
좌욕실에도 갈매기 소리로
아양 떨며 날고 있어

몰래 떨어뜨리는 스마트폰으로
씻는 웃음 땟국
둥둥 뜨다 주르륵 살가운 혓바닥
밑으로 빠져나간 줄 모른
물바가지만 깨지는 소리

흥건하도록 덧니 빠진 잇몸
휘딱 뒤집혀지는
개오지 잇몸 숨기는 똥 파래들이
기생하는 바닷가

배 밑에 붙어 홍합 날개들마저
허물, 허물 내밀지 못한 틈새
이쑤시개로 후비다 빠진 옥수수

몽댕이꺼정 움켜잡는 헤픈 웃음

달빛마저 멍든 허벅지만
서늘하게 보여주고 있어

한마당 다음에 오는 거

한마당에 시멘트 일이 끝난
다음날 벌써 도둑고양이 발톱이
굳어 있었다, 아무 소리도 없이

지나치지만 흔적은 어디든
결정적일 때 증거를 내보여주는
내 그림자마저 없는 거기에
물고기 비늘처럼 번쩍이는
진짜 내가 보였다 감추지 못한 채

오싹해지고 있었던 블랙 독black dog들
컹컹 짖는 소리는 스캔하지 않는 채
밝혀지는 녹음에도, USB에도 없었다.
기다림보다 빨리 배달되는 발톱들

진본 그대로가 아닌, 그렇지만
그대가 스스로 왜곡하는 스마트폰

카톡 내용만은 휘어지지 않았어, 아니

그걸 그런다는 것을 시인할
생각 아직 없다는 전갈이지만

이만 끝내자고 제발!
다음 감당 못하는 자네
거꾸로 확인하려는
설산줄기 같은 천둥번개 요동치는
자기닮음을 알어? 그래서 줄임말이다

한여름 한 줄금 소나기 냄새

벌건 대낮에 갑자기 컴컴해지더니
눈코 뜰 새 없이 쏟아 붓는 물동이 비
솥뚜껑 덜컹덜컹 소리 들끓도록 지피는

벌건 부석 안은 눈웃음이 불붙어서
그럴까? 실룩거리는 콧구멍에 소나기 들칠수록 화끈
거리는 볼, 볼그족족한
연꽃봉오리 흔들리고 있어

콧잔등 빗방울이 불타면서

촛농방울로 떨어지고 있어 흠뻑 젖을수록
다들 드러나는 젖가슴 움츠리고 있어

혀가 마르는 만큼이나 입술이 더 잘
타는 것도 생장작불에 한 줄금 소나기
삼 삶는 광주리 들썩대도록 굽이치는 냄새
그럴까! 마당에도 한가득 오줌 살 거품들이 연방 둥
둥 뜨고 있어

어거정어거정 걷는 소나 놈들 이야기 묻은
두레 삼 가닥 이빨에 꽉 문 채 쭉쭉 훑어대고 있어
소나냄새 허벅지에 얹어놓고 비벼 말면서

자지러지는 웃음 봐

오히려 배꼽을 치째고 있어
비린내 서로 삼 뭉치로 끌어당길 쯤은 소나기氣묻은
뜨뜻한 새참 고매에
갓 절인 총각김치가 웃으며 들어오고 있어

코웃음 치는 방둥이들 돌리도록 슬쩍 밀며—

흰 머리털 염색하기

구시렁거리는 말 갈퀴소리는
갈대꽃이 달을 품는 허스키 소리처럼
흉내 내면서 달려오는 말발굽소리

백말들이 울안에서 빙빙 돌며 뛰고 있어
가까이 볼수록 더한 흰 그림자들 나를 휘몰아
초원 향해 달리려는 청마靑馬를 빗질하고 있어
나의 가라말 그 웃음소리 그토록 못 잊어
한솥밥 달래길 없어 쓸데없이 남발한 채찍질

초조감보다 순응하는 굴레 둘러씌워주기 바라는
말코소리 내며 앞발 들고 끄덕이는 말 갈퀴
거울 앞에 세워 속 털마저 빗질해 주면 휘잉, 휘잉

꼬리도 젊어서 검푸른 가라말 임자가 뛰어오고 있어
팔월 열이레 날 생일날 나무에 걸어둔 껌정 전화기
입에 물고 오라고 앞발로 흙 파며 파안대소 하네

사는 난간 붙잡고

대상을 읽으면 빤히 나를 쳐다보는
나뭇잎 하나도 떨어뜨리지 못하는 이유

거두절미한 그냥 그대로 있을 수는 없어
닿으면 폭발소리만 나겠는가?

범람하기까지는 생각지 않은
굵은 소낙비로 떨어져야
더 새로워질 수 있는 훗날 약속 다그쳐
내력의 쪽마루 너머 저녁들의 가난
모르도록

그 유목민의 말발굽소리들 읽어주지 않아도
다 알아, 레실리언스Resilience 할 수 있을까?

그 슬픔 이겨내지 못하는 불행을
애착하면서 죽음이 기대감에 앞서
돌연히 버티고 선다면 때 늦어 난감해질 뿐

합일되지 않는 바깥 달빛 눈물에
닿지 않을까? 어지러움이 해치獬豸만 믿는
샤머니즘에 기거하는 무당집 거미줄에
걸린 바람소리도

관계를 구워먹는 불판 난간도
분간 못해 어안이 더 벙벙해지지 않도록
산하나 내려서며
물소리 받아 집 한 채 짓는
난간 잡고 웃는 달아달아

* 여기서 난간은 한자 難揀, 欄干, 難艱, 欄杆을 포함한 말임.

거울 보면 떨리는 입술

얼룩이 없는 상처의 순간에도 그
깊이는 얼마쯤일까 마비되는 순간
속도는 오기傲氣도 못 부린 채

삼키기에만 사로잡힌 그 나팔구멍
아우성으로 견딘다는 것은 얼마나
고통을 딛고 일어설 수 있을까

어눌한 것도 분명 아닌데 침묵의
일부분도 아닌 애당초 무시당한
열등감이 뒤틀린 그러한 맹종도 아닌

나뭇가지들로 가리려는 저저! 얼른대는
저 오인들의 덧창들만 삐걱대고 있잖아
바람에만 흔들리는 저 비감 보고도

얼마나 오래된 후회로 남을 것인가
실제적인 패러다임을 방치한 채
엉뚱한 개들끼리 분노하고 있잖아

웃음은 전혀 다르지만

웃음이 전혀 다른 헛 거품 내뿜는
그 여자의 음탕한 뇌색腦色을 따돌리기 위해
한여름은 나뭇잎 사이를 걷는다

일부러 하늘보고 웃어대면서
한탄강 물줄기를 되 말아 올리는
하늘 비를 맞는다

흠뻑 젖을수록 그간 잘못된 회오를
씻어낼 수 있을까
물론 쾌청하게 제자리에 서겠다는

약속은 없었지만
매혹적인 하트를
그리려고 애견을 보듬는 중일까

블랙카본13㎍ 앞에서도 익숙해진
초록물빛 펼쳐지는
이 시간 제발 안 흔들리게

월인석보
권9에서 10을
시원하게 읽는 중일까

햇살 사이에서도 스텔레스 코로나19 때문에
KF94 마스크를 벗지 못한 채
루게릭병 환자의 팔다리 허우적대는 것처럼

검어지다 하얀 웃음 웃는 중일까
지금 내 웃음 중에는 숯검정 웃음이 섞인다

날씨가 말씨로 들먹거릴 때

출출할 때 나의 말씨는
거룻배를 노 젓고 있어
노을을 배경으로 하여
호수에서 뒤섞여 노는
논병아리 흰뺨오리 떼와 만나

헤엄치면서 어떤 쾌감의 깃털
털어대는 그 거울 수면 가르는 몸놀림
잠시 자맥질하는지
찾으면 막걸리 집에서

해금 내 묻은 젓가락에
묵은지를 걸쳐 일부러
헤엄치기도 하는 나를
향해 오고 있어
쭉 들이킬수록 자맥질로 헤엄쳐와

잔 속에 가라앉은 나무이파리
건져 올리듯

머리로부터의 깊이에서
슬쩍 없어지는 잔재주
말하는 눈동자 볼 때마다

그것도 날씨 되어
떠보면 양유良莠* 간이라
그러는지? 벼와 가라지 헤칠 때는
수염달린 미꾸라지 한 마리가
나를 휘저어대고 있어

개운하는지 물어봐도
시원찮은 말씨
미꾸라지 그놈이
창자로 숨 쉬다 사람 허파로
들이쉬는 숨소리 흉내
얼버무리는 까닭도 마찬가지

아닌가? 추어탕먹지 않아도
쩍쩍하는 자네 입맛

아는 맛깔에서 벗어나면

말씨에 날씨는 좋아진다, 걸타도

좋아요, 좋아요 빗대는 말 아니지

*良莠: 여기서는 착한사람과 악한사람을 비유함.

투명 화장실

돋보기 속으로 들어간
여름나무들은 영
영영 떨어지지 않기 위해

더 시원하게 눈뜨도록
나를 그려 넣네

보이지 않는 나무
이파리들의 속삭임
황홀한 불꽃 기다리기 때문이네

흉터 보이지 않으려
얼떨떨한 아이라인 그리기

몰라도 한참 모르는 것도 아니지만
콧대로 가름하는 이상 그대로 보이는
먼저 말하고 있는 저 아름다운 기만

묵비를 거꾸로 버티는 60도의 신발

삐죽거리는 것탐을 벗지 않는 불투명유리도

다 알고 있어, 그 집안 분칠하는 내력도

지난날만 수집하다가

추울수록 긁어모으는
햇볕으로 온몸 태우면 태울수록
연기가 나지 않는
희멀건 한 톱밥 뒤지기다

손톱 밑 새까만 나날들
찐해질수록 더 자랑하고 싶어 하는
똑똑한 젊은이들
깡통 얼굴 쭈그러진 그 안을 누런
코딱지 같은 누룽지마저
긁어보는 실험실 장면

논두렁 언덕 밑으로 굴러
떨어지는 굼벵이 몸짓
바라지는 허물도 챙깁니다만

그냥 내삐 둬! 내삐 둬! 오히려
죽지 않고 발버둥은 아니지만
넝마의 아름다운 손길처럼

다망한 날들이 지난날을 수집하는

그래서 여든 고개도
그 젊은이 마스크에다
질문한다, 당신이 더 궁금하다고
하면 아우성으로 웃으면서…
갑자기 "왜 그래요?"

매트릭스의 아바타를
알고 있었군요! 앞으로
넋두리 전화는
비닐봉지에다 모으세요.

제4부

가스라이팅gaslighting

침대에 누워 있는 사내를 알고
밖에서 누가 반술 취한 목소리로
노크하고 있어

그럴 수도 더러 있나? 시치미 떼면서
조용해질수록 더 안달이 나는
더듬더듬 흉내 내는 앵무새

간간이 구멍 난 웃음소리는
창호지 콧소리로 변성하는 바람둥이
낙서는 아니지만 손가락으로 뚫어 놓고

보이는 그 침대 밑의 거짓말
황칠 공책 읽을 필요 없이 뻔히
아는 것처럼 그래서 산다는 것은
늘 건너 산이 받아주는 환청으로

착란 될 때 옻나무 웃음꽃도 오감해서서
청설모한테 빼앗기지 않으려

예사로운 틈새
이젠 더 이상 아는 것도 없이

모르는 체가 아닌, 넘기 치기에
끄덕이는 분간
어림짐작으로 웃다 당하고 마는

착시현상

분명히 닫은 문인데도 열렸는지 순식간에
쇠고리 끌고 뛰쳐나간
어미 알래스칸의 '말라'와 강생이 '캐니'

이거 큰일 났어… 황급히 맨발로 뛰쳐나가면서
부르며 두리번거리자

오고 있는 두 명의 순경

왜 방견放犬 했냐고? 내 목을
개 줄로 끌고 가듯 턱 밑을 훑어 내뱉는
신음소리, 떨리는 손

배고픈 빵을 쪼개 먹다 허리춤 권총으로 금방
두 마리의 개를 사살할 것처럼
내 말꼬리를 다그쳐 움켜잡고 인적사항을
어깨로 긁적이고 있어

그때마다 정복한 순사 흰 띠 X파일이 내뿜는

가시광선이 가리키는 묘방卯方 술시戌時에
북두성 자루별[斗柄]마저

'캐니'의 쇠목걸이에 유난히 번쩍 번쩍거리면서
SOS 문자메시지…

일제강점기 여덟 살의 섬뜩한 트라우마
살별처럼 칼금 넣으면서 공 들인 칠성 줄에
식은 땀방울 줄줄 타 내리고 있어

태어난 내 죄를 핥는 강생이 '캐니'
어미 '말라'마저 내 눈알을 흔드는 꼬리가
내 전생의 진술서를 대신 쓰고 있어

불판 냄새 지우기

발버둥 치도록 숨겨주고 있다
낙지다리 굽는 한여름 시늉
칠칠한 콧구멍 들먹거리도록

궁금해질 때마다
거시기가 죽는 날
바다가 피어오르는 연기마저
녹아버린 불판

흡인된 머리카락들만 밀쳐진
휴면 침대 밑 그거
꺼낸다, 거식증 몸을 내어주면서

짭짤한 싸락눈을 뿌리고 있다.

커지고 있는 부석 아구지도
파이프 목이 타는 기름 고약한 냄새
저 개기일식보다 더, 더해

…컴컴하다, 그러나 어서 빨리 키친타월로
자네부터 닦아보게나

베스트 프렌드

만나지 못하고 돌아온
깊은 한숨소리 배어든
어떤 네거티브

해명해도 이해 못하는 세설世說

청승스럽게 부스럭 부스러기
밟는 잘못된 그 일을
무식하게 고집하다

파행 거듭하면서 앞발로 파대는
검푸른 얌생이 간절함을
또 누구한테 네놈의 본성을 맡기랴

발바닥 독백 아집 저 독물들
겁낼수록 돌변하는 시퍼런 물길

하아! 한심스런 베프*인 자네 그것도
아니라면 어줍은 내가

어정쩡하다 말인가?

*베프: 베스트 프렌드를 지칭함.

일몰 몽타주

그러나 거리 두고 만남
그 번거로움보다
시간의 의미를 단절시키는 공간상실

그 삼각관계를 무시해도
틀림의 내력은 윈도우가 잘 알고 있어
퇴색된 그림자들도
그녀의 진한 자주 립스틱도
타다 남은 내 검은 벽돌들
쌓아 올리는 것마저 그만 두고
떠난 날짜도 잊은 블랙 스마일을

가장 긴 혓바닥에 감추고 있잖아

비스듬한 빈 컵에 맥스 리제르바
포도주만 차올라 벌건 능구렁이 눈빛으로
돌변하고 있어

크리스털 그림자에 취한

피타고라스도 하늘 헤아리는
아리스모스를 잊어버려서

일몰의 곡선들을 그리는
바닷새 떼 불러 실상들 물어보지만

거기서부터 시작일 수는 없어
캔들이 흔들리는 창밖의 위치 그 허전함을 시간이
바꾸고 있잖아

그건 무의미의 찌꺼기 아니야, 숨기지 마

그라타주 하면

폴리페놀로 제작된
우리들의 이별 그 또한
화석 된 탄소 알 아니던가
기본원소로 환원되는 원시 숨소리도
화석화된 슬픔을 말하자면

그때 나는 없을 거야
다이아몬드처럼 더 빛나고 싶어서
애착하는 몸짓
열 기둥 세우는 열돔Heat dome으로,
에토스라는 말로 단호히
우울증을 해명하는 클러스터들

에스프리하고 있지만 그것마저
한때 뉴 노멀New Normal로 나서서
미세 플라스틱을 그라타주로 제시해도

무시당해 과도한 욕망이
버린 분노가 화산으로 터지는 속도

천지개벽은 불원간 일어나지 않겠지만

뜨거운 죽음덩어리는 0톤으로 아직 화끈화끈

지금 무식한 나는 웃을 수밖에, 하지만
미드웨이의 앨버트로스 바람칼 보았는가?
온실가스 휘저어 다시 날아보지만
현재 저어새마저도
몇 마리 핏줄들이 연결되어 있을까?

파란불 신호만 믿으면
빨간불 켜지는 거 몰라
코끼리의 똥으로 종이를 만들어도
결핍에서 탄소가스들이
고무풍선 잡고 웅성웅성할 뿐이야

주크박스Jukebox

술시 술수에 취해 남아 있는
영零시간
고추장 팥죽 파김치놀이에도
그 사발 안에 떨어지지 않는
동전에서 자동 음악이
나올 리 없는 속내

용렬스런 레코드 살침은
매우 목이 쉬었다.
그 발라드 콧소리도 웃다가
찡그러지도록 마침내 자극하는
자장면을 마구 삼키면서
고통 하는 트롯멜로디에

놀란다, 그래서 고양이 달구새끼 푸들강아지들이
딸기 먹는 스토로 베리 젤리 맛을 후벼 파는,
발톱만큼 비틀거리며 어깨를 들먹거리게 하는

칼국수 빗소리를 즐기고 있잖아

먼저 주문한 부대찌개가
흐흐 웃어대고 있어

발리댄스 파도의 자동박수 소리
밀려와도 바닷가 통닭 주인집
매실 양념 고집마저
꺾을 수는 없지만

턱이 쪽 뽄 먹성소리
어제와는 달라
목이 더 쉰 우연일치를

일러주는 마술 메뉴에 이미
눌려져 동그스름한 단추 알 운명은
천문(天門)이 벌름거려도

입은 프로 먹방, 눈알은 깜박이 불
넣고 있어 그러나 휴무 날인 줄
어떻게 아는지 어디서 부르는

엄마 자장면 목소리 쪽으로

혼자 뛰어가고 있어 항상

달짝지근하여 막막한 그는 늘 그랬어.

노드node에서

다시 일어나서 흰 운동화를 신고
뛴다 날씨 불문하고 달리다
날개를 다는 나의 거울 그림자

그 그림자에서 움직이는
웃음이 샌다 상쾌한 발돋음으로
반올림하며 층층 계단을
밟지 않고 먼저 날뛰나니

무중력을 가르는 황금빛 화살들
과녁이 된 내생의 눈알에 죽은피 뽑아
별빛으로 갈아 넣고 있다

날고 있는 운동화 뜯어먹는
하얀 토끼 싱긋싱긋 웃으면서
인도네시아 1만7천개 섬을 건너뛴다

아바나쯤에서는 초원의 검은 물줄기 누 떼
몰며 만나자고 태양주위를 시속 10만 7천㎞,

초속 8만 4천㎞로 내가 지구되어 뛴다

*node: 연결점을 뜻함.

변명, 블랙아이스

나이가 들수록 오지 않는
전화벨소리
추워질수록 더 오지 않습니다.

달은 더 뜨거워지는 눈물방울에
매달려 코끝만
빤질거리게 합니다. 악성루머처럼

조롱하듯이 대롱거리고 있습니다.

오는 차를 서로 보지 않으려고
영하 20도의 물도 얼지 않는
얼음표면을 향해 질주하는 핸들들

속도는 죽음을 터프하게 몰고 있습니다.

산그늘 모롱이에서 기다리는
그 여자를 보자 새빨간 립스틱
너무 진하다고 투덜대면서

웃는 이빨마저 시리다고 혀 차면서

아이고! 그만 삐익 쿵 탕 찍하는
굉음들 끼리끼리 뒤범벅으로
뒹굴어대는 아비규환 아직도
남은 신음소리 블랙아이스라고

건방지게 변명하고 있습니다
어라! 찌그러질라 차가 먼저
덮칠 듯 빵빵대고 있습니다.

반달 웃음

멀쩡한 놈이 내 눈 안에다 펼치는
장안 장날 난전에 자기 무시(무)보다
내 무를 먼저 팔아넘기나니

신 아침부터
빈속 쓰리도록 회鱠칠 무 깎아먹으면서
아서라! 아서라!

팔리지 않는 자기 무를
괘씸한 것마저
씹어대고 우물거리나니

상주곶감 하나라도 더 입에 물리고
싶었지만 우리네 척안隻眼에 반달웃음도
벌어지는 도토리와 나무[我無]

이유는 바로 변화고 마는 패착敗着이구나

택배

소셜미디어를 낚아챈다.
어떤 대낮 그 배경을 바꾼다.

뜻밖에 드론이 날아오듯
그 추운 모스크바 날씨에도

호박과 수박을 마케팅 하는
공유 집하장의 대칭들이
캄차카반도 고기압으로 위장하고 있다.

또 그 이미지로 참나무 껍데기가
만든 진실 속이 비어 있는
만큼이나 화려하게

겉포장 된 01킬로그램 무게가
아홉 마리 사슴 루돌프마저 앞세우고
…꽃을 발견했듯

조청 떡가래 씹어대며

비온 뒤의 우울한 땡벌 날갯짓
내 집을 향해 날아오고 있다.

시간이 모자라는 섣달쯤에
도착하는 그 따끈한 배달

분명한 바깥문의 화답은
타르타르어語로 부르는
푸른 눈의 바이칼호수처럼 늘
언택트인데도 끌려서

보듬고 조심조심 뜯어보는
헛것들 그래도 사람냄새 후끈하다

나는 네가 그립지만

온몸 드러내는 허무함은 알고 있다
세상은 너무도 **뻣뻣**하고 때론
부드러우면서 스펀지 살갗을
내보인다, 아슬아슬하게 서로가

가까이하면서 피하듯 정면 보고 사는
유리벽을 벗어나려는 탐색을 끝없이
갈구한다, 고개 끄덕임 속에서도

하나로 보는 백색 경계선
새로운 틈새 노리고 있다, 심란하도록
지명하는 대열에서는 슬쩍 빠지면서
잠시 머무는 동안에도 엿보기만 하고 있다.

결국 유리천장은 깨지는 소리 없이
드론으로 날았다 방향을 알 수 없는 이후
속성들이 침묵들을 선호하고 있다.
배달된 농어회덮밥 먹는 것처럼
잃어버린 끝자락을 찾게 했다.

당분간 더듬이소리 때문에 말문은

미결수처럼 제로Zero에서 닫고 만다.

항상 부정적 환각* 다음이 문제였다.

*부정적 환각: 외부에 실재하는 대상을 의식과 감각으로부터 지워버리는
  환각을 일컬음.

쓰디쓴 어떤 술병 미소 앞에는

누군가 거절할 때 끝장나는 것은
아니다 부끄럽다고 분노하거나 비웃어도
안 되나니 나를 확인하는 아픔을 주는

내가 나를 물어보는 떨림이 다시 바다로
가야 하는 눈썹 끝이 실룩거리도록

화근 내나는 한 허리 부분을 붙잡아도
처절한 만큼 부글부글 끓는 자학
내 씁쓸한 입맛을 가로채는
술수와 견강부회가 목구멍에서
개판 칠수록 마른 눈물이
콧물로 꽉 차 오르더라도
혀 밑에 숨긴 칼은 먼저 뽑으면
안 되나니

그럴수록 식탁 위의 술병은 가까이
하지 말라는 리처드 셰리던*이 말한
태양이 찬란하게 떠오를수록

네 눈동자 안에서 너를 향한 태양인지
누워 있는 술병인지
회색 모자를 벗어 던지는 용기로
내가 너를 분명히 보고 있다는 것을
먼저 보아야지

도끼로 광기의 초라함을 찍어
더 깎아내더라도
입고 있던 땀방울 젖은 옷에
맡기지 말지어니

분노를 소금에 찍을 때 쓸개와 간들의
쓰라림이야 잊어서는 안 되나니

언제나 불러내어 파도처럼 오히려
웅대며 부닥칠 수 있는 새벽바다로
일찍 나선 자만이 아직도 살아 있다는 외침

그 포효하는 깃발 북두성 향한 초요기招搖旗

펄럭이면 외부에 없는 어둠을 가늠할 수 있나니

*리처드 셰리던: 영국의 극작가임.

사람과 짐승 사이

사람이 사람을 보고 사는
뇌의 3층에 머물면 짐승보다
가장 행복감을 느낄 수 있을까

보이지 않는 것이 보이는
높이는 사랑과 미움이 있기
때문만이 아니지

갈등과 분노가 때론
바람처럼 지나가네 극한 대립에서도
좌절감을 보는 순간 짐승들은
그 속에서도 분탕질만

일삼지 않을 것 같아 반드시 자신이 움직이기에
해결하려는 저 양보는 봄 햇살일 수만 없어

남는 것이라는 기록은
원래 써 두지 않았으니까

이웃이 갈채를 보낼 때는
지평선이 확연해지는
죽음도 오히려 긍정하여
웃고 있네 그려 그러는데도

사람은 사람을
믿지 않네 뒷걸음질해도
돌아서려는 두려움으로
움츠리네 우리가 의문점이 있는 한

가장 정상적인 것을 믿어야 해
우리네끼리 질문할 수 있도록
시간은 짐승을 확인하는 흔적을 남기기에

아무래도 이해를 나누려는 사랑을
남몰래 간직하고 있는 것은 사실이야
무조건 나선다고 괴물을 죽일 수는 없어

개다리 춤

누군가 앞발 들고 내비치는 웃음이라
팔다리 비틀면서 엉덩이로 밀어내며
다가서면 뒷걸음질

물러서면 따라오네

더 엉더 쿵 덩더 쿵!
더 엉 더 쿵 덩 더 쿵!

또 썰물에 끌리다 붙잡힐 듯
네 긴 꼬리 밟힐라

혀 내밀다 비쭉비쭉 입춤에
어깨춤에 거덜 난 뒷다리도
엉거주춤 앞발 감길라

더엉 더쿵 덩 더쿵!
더엉 더쿵 덩 더쿵!

질겅질겅 한 바탕 자진모리 밀물에
다 적신 엉덩이 썰물처럼 제 꼬리 물고
돌다 네 긴 꼬리에 밟힐라

밀물로 내밀치다 네 웃음
날갯짓할라

더엉 더 쿵 덩더 쿵!
더 엉 더 쿵 덩 더 쿵!

비비새

—'통영오광대' 공연을 보다가

비리비리 비린내 나는 저 비비卑鄙

비리, 비린鄙吝 흠 못 잡아먹어 안달이 난

빌어먹을 짓만 골라 비방에 못 이겨

비박非薄한 눈 흘김의 행세 비문卑門에
태어나지 않았다고 장담한지 결국

구더기만 장 담다 짓뭉개진 명태눈깔

삐두루미탈 용신龍身에 들어가
텅 빈 해낭奚囊*만 뒤적이다가 해람海纜한들
술 취한 배꼽에 미끄러진

털메기 벗어든 비틀 양반 튀어나온
제 눈깔 가로등에 호드기 소리는 어디인고!

찢어진 헝겊 때진 너털웃음소리

반당伴黨*도 아닌 내 뻣정거리 춤아

*비비새: 비비새는 통영오광대놀이 중 영노의 또 하나의 이름이며, '비비
를 한자 卑鄙(비비)로 볼 경우, 언행 따위가 비열하다. 신분이 비천하다'
의 뜻이기도 하다.
*삐두루미탈: 통영지방 방언으로'비뚜름한 탈'을 말함.
*해낭奚囊: 시초를 써넣던 주머니.
*해람解纜: 닻줄을 풀다.
*반당伴黨: 관청에 소속된 심부름꾼.

제5부

떡갈나무 숲을 거닐면

떡갈나무 숲에 굽이치는 강물
그 사이로 헤엄치는 빙어 송어 은어 떼
확확 풍겨주네 산 수박 향긋한 냄새
꼭다리에 닿아 익살 몇 걸음에도
숟가락들 씻는 새소리 들려오네

기가 차서 다시 코로 더듬으면
그물에 포획된 산수박 색신 그러한
싱그러운 이파리들 파닥거리며
뛰어 오르내리려다 우리네 사는 그것들
풀어내지는 못하네

꼬리 흔들어 헤엄쳐 오지만

사는 거 숲의 여유와 실마리
그대로의 모든 거 첫 만남은 놓쳤지만
그나마 수신자 없는 눈망울 초롱초롱하네그려!

혹시나 하는 그러한

우산 살대 휘어잡고 구멍 펑펑 내어

구름 내리는 연유 편지 쓰다버리는

콸콸 물바람소리 헤엄쳐 올 때

보내놓고 부르는 파도소리는 시원하네

팔색조 사는 마을

화선지 위에다 그림 치고 있는
도토리 나뭇가지들 사이 손톱깎이 하는
팔색조 지저귀는 소리 만나

선흘 마실 가시낭 도토리 칼국수
먹은 줄도 모르는 이장이 나를 보고
'곶자왈' 줄 다람쥐 헛웃음 또 치네

가늠자 없이 겨냥한 저 눈썰미
낙관 찍으려는 부엉이 눈알 빌려
바람그늘이 흔들릴 때도 흥분되는

람사르 습지 '먼물깍' 배경으로
그림 치는 신갈나무들은 설명서 없이
동백동산 이야기에만 낙관 찍어주네.

하얀 셋 그림자

자작나무 수만 그루에
하얗게 내리는 눈은 물레방아 옆에서
하얀 면사포 쓰고 서로 이야기하네

더 한가짓다 눈썹 적실수록 마음은 더 편하다 침묵
또한 그대에게 아무것도 묻지 않기 때문에

하나로 보이는 하얀 셋 그림자
눈은 자꾸 내려도 지워지지 않네

북극곰 발자국으로 다가와 나타샤를 오랜만에 만나
는 백석 시인을 눈감고 보지 않으려 해도

눈 사이로 보이네
나타샤를 부둥켜안고 있지만
통영처녀 '란蘭'을 만나는 실루엣

아무리 눈이 내려도 눈은 철들지 않네
그래서야— 그때도 그래서는 안 되네

헷갈리는 픽션 하얀 셋 그림자는 아니잖아

나무 뒤에 숨는 그림자

숲에서 만난 고독을
자기 몸인 양
외상外傷으로 드러내 보여주는

검은 나뭇가지의 빛살이
변화는 방향 언덕에
마주서는 또 하나의 거대한 괴물
저 그림자

"금발의 야수Blond beast"를
싫어하는 니체

어! 아는가, 보는 관점은
변절이 아닌, 내려오는 어떤
고루한 문법보다 더 어른대는

잔영으로 남은 차별성 지금도
나뭇잎만 으스러지면서
검은 웃음 머금은 그대로네

숨겨온 대접 더 이상
경멸치 않아야 속이지 않는
성경속의 넝쿨언어들
과감히 삼제하고 걷어내야
외부세계에 있을 수 있는
가장 나약한 우리를 볼 수 있네

원시적인 심리를
탈피해야만 온전한 감각을
만날 수 있네 그 무서운 차별성으로
나무 뒤에 숨는 우리네
얼굴 반쯤 보일 수밖에

등불 켜지 않아도 보이는 길

길은 사랑 때문에 있습니다
먼 길일수록 애태움은 나의 손을
잡아줍니다

사랑은 그림자임을 말해주면서
감지되지 않는 어떤 자리에서도 나를
찾으면 별들이 비춰줍니다

가장 목이 탈 때도 용서해주는 내가 나를
포옹하며 쓰다듬어줍니다
따스한 자기닮음을 핥아주고 있습니다

여태껏 맞이하는 우리네 손님일랑
거울 없는 사랑채에 모셔온 연유 마주보면
벌써 알아 챈
바로 거울 면에 입술이 닿는 눈빛
파랑새가 날갯짓하기 때문입니다

날갯짓 밖에서도 소중하게

간직하고 싶은 거
등불 켜지 않아도 더 잘 보여서

이미 채비하여 동행하는
한길 가로 나서서
기다림의 몸짓도 사랑 때문입니다

해안가 다랑이 논 풍정

유채꽃 핀 다랑이 논밭둑길
따라 거미줄 같은 흰 차일
더 펄럭이는 궂은날

털어대는 달빛 비늘도
지쳤는지 구멍 난 바다눈빛 지우는
바닷새 떼 몰려오는 시야에서

과수댁 집을 기웃거리는
사내놈들 그림자들
안으로 흘깃거릴 때

한 마리 암사마귀가 거미줄 위로
엉금엉금 걷다 아홉 물 때 짚는다

그러나 밀썰물 덩어리 같은
무게를 누렁이 소꼬리가
눈감고 엉덩이 밀치자

누렁이 소잔등에서
까치 한 마리 웃어댄다
콸콸 물소리 돌려서
유채꽃잎 띄우는 다랑이 논을
갈아엎으려는 그 시간 바로

키즈카페 찾아 헤엄쳐오는
모치* 떼와 가지메기* 떼가
아홉 썰물 등지느러미로
다랑이 논을 물씬하게 그리고 있어

*모치: 숭어 새끼임.
*가지메기: 농어 새끼임.

이미지로 남는 메시지

기다리던 기차가 오면 가슴이
뛰네 그러나 차 안에는 나의 그림자만
의자 밑에 숨어 손사래 칠 뿐
그리운 그 사람은 보이지 않네

그러고 보니 열차 번호도 바꾸어진지
오래 되었나 내 어깨에 기대 잠들던
낯선 여인마저 그 출구에 내리지 않아도
싸락눈 웃음만 그녀 이빨처럼 환히 내리네

꽃 이파리로 흩날리다 내 머리카락에
하얀 쉼표로 내려도 그날 가름되지는 않네
투덜대던 지팡이가 일어서려 하네 오히려
불통된 휴대폰소리에 감사해 하네 지금도

어디에 사는가를 물어오는 그 여인 올 듯
그러나 눈치는 그쪽 보지 않아 다행이네
다른 이에게 전화를 일부러 걸어보는
그 또한 시들해지는 것은 다 그런 건가

엉겅퀴로 살아온 여러 햇수가
지우지 못한 망념 때문일까

처서 절기

젖은 햇살 갉아먹는 풀벌레들
허물들이 안개 기억들을 뽑아내는
거미줄에 걸려 있네

줄 타고 날아오르는 끝물
물방울들로 물장구치는 쑥부쟁이
꽃 웃음소리 엿듣는 순간

격자창에 뛰어오른 여치 한 마리
얼개가 없는 글 갈래로
격정적으로 글쓰기도 하네

촉수로 내갈기는 초서草書들의 연유
여기서 만나 부채질 흘림체 밀물시간
파도 한 자락을 시원해지게

가는 비도 시원한가를 묻고 있네
얼금얼금한 여름그림자가 겨드랑이
닦아주네, 엉덩이 웃음으로 일러주네

플루트 부는 늦가을

신갈나무들이 입술을 떨면서
온몸을 태우고 있다
갈바람마저 불어 끊어질듯

어깨 받쳐주는 달빛에 기댄 머리칼
억새풀꽃 그 끄트머리로 날아가는
저 촉새 숨 가쁜 꽁지소리

서로들 가지에만 의지하는 것도
허술하지만, 다 헐거워진 비장감도
으스러지지 않으려는 허리들

능선바람이 붙잡는가
잎들마다 내 푸른 날이 써둔 한 구절
그 기억들의 구멍들을 달래는 몇 굽이 소리

무성한 골짜기를 오가는 빗방울이
밟는 악보 청량한 색깔도
물소리마저 헹구어내고 있다

그날 입맞춤에서

얼마나 사랑하는지는 입맞춤에서
다 알 수는 없지만 달빛이 빛나도록
눈감아준 만큼이나 온몸을 찌릿찌릿하게

타고 흐르는 여치소리
혀 놀림 할수록 두터워지는 혀끝은

내 젊은 날의 추위에도 솔직했다.

새빨갛게 달궈내는 마그마보다 더 뜨거워
그냥 녹아내리는 박하사탕인 줄 알았다.

전혀 터무니없이 마른 입술 훔칠 때도
감미로운 물레방아 내력은 베짱이가 숨겨놓았다.

부엉새에게 맡긴지 몰라 지샌 밤들은 화끈거려서

질문은 내 기억더듬이를 머뭇거리게 했다.
그러나 그럴 수밖에 없었던 것도 아니지만

흔들리는 강가에 날아드는 백로 한 마리
물구나무로 걷는 그림자 때문에
여태껏 날지 못한 후한 목숨 다한다는 말은

기다리는 입맞춤으로부터 아니던가.

마찬가지요

여기저기에도 흙과 바위들이
산줄기를 타고 내려와서 동서 어디를 가도

우리네 깊은 강줄기 따라 서식처 살피면
마찬가지들 꽃받침으로 널브러져 있소.

가까이 다가갈수록 피는 꽃들
꽃씨로부터 약속된 출발뿐이요.

피가 용암으로 들끓듯이 모든 살갗도
인과관계로 거듭 태어나려고 앞 다투고 있소.

2020년07월 발사된 화성탐사선 무인헬기 '인제뉴어티
Ingenuity'가 2억7천8백만여㎞ 떨어진 화성
가까이에 도착한 2021년 04월 19일
미얀마 여인 나이는 53세 미미 아웅이 지휘한
약 03m높이를 초속 01m의 속력으로 13차례나 비행
성공
산야 길짐승과 날짐승들마저

이미 우주보다 주소가 팽창되는 걸 알고 있소.

넝쿨처럼 휘감아 올라가고 싶은 피돌기
제일 높은 나무의 위아래를 알 수 있게
기이한 신호 소리가 날아다니는
아바타는 벌써 알고 있소.

생략된 우연 일치로 만나지 않아도
복잡한 냄새 먹이사슬 거기쯤을 사냥하는
다크 에너지dark energy를 어트랙트attracter

난류와 한류가 갖는 다른 껍질의 보호색으로
혈맥을, 산맥을, 은하계를 내 눈동자의 핏줄이
갖고 있소, 그러니까 서로 버티는
엇질 관계 층류마다
눈에 보이지 않는 미물마저 심장박동소리

그래서 우주변수는 분기分岐 수리면數理面에서
쌍곡선의 곡예 그 괴물들이 순환하는 소리를

산과 강이 역설적으로 대변하고 있소.

에워 싸주는 대기권에 숨기면서
보여주는 소용돌이 생리
환원주의적인 되풀이 물레방아 그쯤에서

간 맞춰 맛있는 막국수 면발 날씨 알림에도
나비는 다르게 날고 있지 않소?
미국 나사우주국에 근무하는 자들이 자랑하는
'뉴톤 역학'이라 해도 좋소, 누가 말했든
카오스 속의 프랙탈에 고개 끄덕이고 싶소.

이러나 저러나 사는 것은 번개와 천둥이 남긴
굴곡이 있을 뿐 마찬가지 아니겠소.

내 사는 현재 온도

바깥저녁은 가로등만
지팡이를 짚고 서있다 이곳저곳에서

음흉한 코로나19가 우리들의 마스크를
벗도록 기다리고 있다

실망한 나를 아래계단만 자꾸 밟고
내려서도록 짓누르고 있다 하지만

아래계단에서 촛불 켜고 올라오는
간호사들이 마스크 불꽃을 보여주고 있다

뭉클하도록 서리가 낀 내 안경을
다시 닦아주면서

지금 죽어서는 안 된다고 기록부에
현주소와 이름과 전화번호를 쓰도록 한다
내가 살 수 있는 온도를 마주보도록 한다

눈을 환하게 밝혀주는 거울과 마주 서게
전화를 입력하도록 한다
응답 없어도 후끈해지는 온몸

통과하기 전에 살고 싶다는 웃음
가장 낮아지는 겸허보다 더 질박해서

21세기의 슬픈 그림자를 보았다
어떤 경계점의 불안한 눈물소리를
휴대폰에서 듣고 있다

늘 처절함에는 괘씸하게 누구도 없다

비비 비

먼저 울지 않으면 날아갈 수 없는
지금 왜가리 떼들이 울어대면 비비 비

비는 비창으로 내리고 있어 사무치게

내리꽂힌 만큼이나 치솟는 울분
부글부글 게거품으로 둥둥 뜨나니

눈 감은 채 비를 휘감을수록
비틀리면서 흘러가는 저 헛웃음들

패혈증 다리를 절며 곤두박질하고 있어

뒤돌아볼수록 뒤집혀지는 비! 비! 비!
그러나 비 맞을수록 저렇게 시냇물 좋아하는

아이들 종이배 되어 급류에 휩쓸려가는

순간 낭자한 웃음꽃은 상식을 버리고 왜? 왜?

왜가리 떼로 날고 있을까? 비 비 비가

비를 맞아도 이미 눈멀도록 비통해 하나니

비무장지대쯤에서 토해내는 비비 비
빗소리가 강물잡고 마당비로 쓸듯

더 해작질하고 있는 저저! 수채화의
마티에르matière 배경에 덧칠할 수 없는

유화들은 아니지만
비창으로 내리고 있는 비비 비

우리 사는 용서 내나 불러

끊임없이 시작 되네 나무와 풀빛이야기
물바람으로 하여
하나하나 다발묶음으로
서두르는 햇살들 앞세우고 있나니

자유스러움으로부터 무심코
내다버린 헌 옷 가지도
그 누군가가 걸치더라도
나서야 하네

즐거움으로 나타나 장날 구석에 앉아도
웃음 전塵에 헤벌쭉한 보리딸기
내다 팔려고 그 위에
통통한 햇살 줄거리 얹어보면
봄 두레길 에둘러서라도 오고 있어

어째 말문 여는 눈물방울의 속살
보리가시랭이에 찔린 기억마저
모둘 떼기 뒷면만 보여 주고 있어

배시시 입술에 짓 물어보면 그거는 알아

밋밋함도 어디 믿는 데가 있어
가늠하는 눈짓에 알콩 달콩
가시버시*가 새끼 친 즈거가 뭐 알겠냐마는?
저 엉뚱한 말씨름

내치어도 설레는 고놈들 땜에
우리는 여태껏 속고도 모른 체
그 햇살 줄거리 솎아내며 따리로 웃다
첫걸음 샛별걸음으로
이고지고 이렇게 살았네라

아장 아장걸음이야 어찌
헛물켜는 허깨비 간肝 이야기만 하건대
그대로 씨름도 해봤지만 어쩔거나
헐뜯어…내다 거는 춘방春榜*을

원래 개살구 개복숭이 제 맛 다른 거 알면서

우리 사는 용서 내나*불러

사초史草부터 먼저 쓸 줄 몰라서가

아니라네, 하필 강물에다 쓴다는 것들이

철철 헹궈냈네라

손톱 다 닳아 터진 만큼 아프고 서운해도

깨운 한 일 그거 다 어디 갔겠느냐

*가시버시: 정답게 사는 부부로 부르나. 주로 남편을 아내가 사랑하여 존
   칭하는 말
*春榜: 입춘에 길운을 바라는 뜻을 써 붙이는 글
*'내나'는 일인칭이면서 동의하는 '그래'란 뜻이 있고, 또한 '내(川)의 뜻을
   갖는데, '내(川)가 나를 불러'라는 함의, 즉 역사를 지칭하기도 한다.

열매를 보는 눈빛

간혹 무엇이 우리의 뼈다귀에서
아려오도록 소리 없는 망치질 계속

욕망과 노동을 헷갈리게 두드려댄다

불빛이 휘말리도록
도플갱어 그림자 몸살 앓는 소용돌이
검붉은 빛깔에 타는 결핍 때문일까

모자라는 우리들의 끄트머리가 닳는 소리
퇴색된 민속품마저 우연히 동물원의 구석에서

만나는 그 아날로그 본능
지금은 동의하고 싶지 않지만 그냥 묵과는
영원한 내 몫의 긍정적 상처라고?

낙과의 순간마저도 눈감아 지나쳐버리는
백색경계에 선 자들 너무 많나니

빗방울 사이 나비수염

거미집 같은 우산 접을 때
벽면에 붙은 나뭇잎이
오징어 지느러미 뽀얀 간을 털어내듯
베네치아에서 온 레드와인 병을 따개하고 있다
눈먼 그가
물바람 웃음이 닿는 입술가까이로
클로즈업시키고 있다
그 작은 섬 골짜기 물소리가 난다면서

입술에 묻은 치즈가
빗방울 사이마저 유혹하려다
미월眉月에 들킨 한숨
양미揚眉를 트리밍 하는 옴므파탈 기질
물로 자르는 강철을 연상하면서
부나방 떨어대듯 우산을 펼 때
윗입술 반쯤 뒤집혀지도록 오는 시비
호방하게 웃어대는 건들비

껄끄럽게 구레나룻 숲까지 흔들어
초미焦眉의 순간 땀방울들도
떨어지게 한다 꽃무늬 위에 불 지피는
아웃도어 웃음이 레드와인 마시고 있다

차영한 시 세계

초월 세계를 향한 마술적 몽상과 열정

이병철 (시인 · 문학평론가)

모더니티 미학의 시초인 보들레르는 역설적이게도 문학이 일종의 '마법(magic)'이라고 말했다. 근대는 주술과 결별한 합리적 이성과 지성의 시대이지만, 낭만주의 이후 문학은 현실과 이상 사이 괴리를 초월하여 매혹적인 아름다움의 세계에 도달하는 마술을 꿈꾸었기 때문이다. 일시적이고 우연한 시대적 '모드mode'에서부터 영원하고 항구적인 '미美'를 발견하는 정신이 보들레르의 모더니티라면, 그 근대적 예술성에는 확실히 마법적인 요소가 있다. 이러한 보들레르의 모더니티 미학은 20세기 기음 아폴리네르와 앙드레 브

르통에게 와서 초현실주의(surrealism) 경향이 된다. 초현실주의의 핵심은 '일상적 순간을 낯설게 하기'다. 평범한 대상을 특별한 무엇으로 변화시키는 시의 연금술에서 우리는 초현실적 마법을 본다. 그런데 오늘날 우리 시는 지나치게 현실에 집착하면서 마법적 힘을 잃어버렸다. 물론 문학은 현실을 반영하는 거울이기도 하지만, 오늘날 우리 시의 주된 경향은 재현으로써의 문학과는 거리가 멀다. 요즘 시인들의 시에는 외부세계의 보편적 현실이 아닌 개인의 자폐적이고 고립적인 일상만이 담겨 있다. 그 장면들은 지극히 협소하고 사소하기만 하다. 외부세계의 풍경도, 고유명의 타자도 존재하지 않는 자폐적 현실에 깊이 침잠한 채 혼잣말로 중얼거리는 시들이 너무나도 많다.

거두절미하고, 차영한 시인의 시는 여전히 마법이다. 그는 시간과 공간의 한계를 뛰어넘는 상상력을 통해 독자를 꿈의 세계, 즉 현실 원칙의 간섭과 제약이 없는 자유로운 몽상의 시공간으로 인도한다. 그 과정에서 두드러지는 특징은 이국적 감각과 환상성, 그리고 핍진한 현실인식의 공존이다. 차영한 시인은 히말라야, 시나이반도, 스페인 몬주익 언덕, 고대 이집트 유적지, 미국 버지니아, 파리 콩코르드 광장, 인도네시아 등의 이국 풍경들을 그려내면서 일상의 권태로부터, 현실의 온갖 구속과 억압, 폭력으로부터 벗어나려 시도한다. 차영한 시인의 시가 초월적 이동성을 동력으로 세계 곳곳을 자유롭게 여행할 때, 시인의 언어는 권태로운 일상적 감각들로 하여금 새로운 감동과 충격을 받아들여 눈과 코와 입을 갱신하게 한다. 시를 읽는 독자는 "지중해의 욕망과 절망의 검붉은 피"(《관람, 스페인의 투우장》)의 뜨거움을 피부로 느끼고, "초모른 마라의 울부짖음"(《요동치는 하얀 핏줄》)을 귀로 듣고, "그리스 카메라 신의 피사체를 훔쳐보"(《푸른 눈동자의 불꽃》)기도 한다. 그리고 마침내 "평행선의 현기증을 사로잡아 지는 햇살을/휘어지도록 날갯짓하"(《내가 본 검은 새》)는 자유로움을 만끽하게 된다. 이처럼 차영한 시인의 시를 읽는 것은 패키지 단체 관광이 아닌 단독 자유여행이며, 떠나온 자리로 다시 돌아가지 않는 편도 여정이다. 좋은 시는 어떻게든 독자의 묵은 감각을 갈아엎고 내면에 유의미한 혁명을 일으켜서, 시 읽기 이전의 상투적이고 권태로운 일상으로 돌아갈 수 없게 하는 법이다.

1. 경계를 없애고 세상 모든 것들을 사랑하기

하이웨이 위로 날고 있는 검은 새
1995년 8월 04일 오전이네
센트럴파크숲 녹색 잎이 날고 있어

미국 버지니아주로 갈 때는 처음 본
평행선의 현기증을 사로잡아 지는 햇살을
휘어지도록 날갯짓하고 있어

워싱턴숲으로 날아와서는 잠시 둘러보고
나를 발티모어로 이동시키고 있을 때
누아르 이파리로 날고 있어

투숙하는 나의 침대를 벌써 야릇하게
손질하고 있어, 가랑비 소리 겹쳐지도록
블랙블루 팔베개를 높이는 이어링 은방울소리

자꾸 닿아서 잠들지 못하는 도어 번호마저
먼저 뛰쳐나가고 싶은 날갯짓소리
내게 온 케이크 포장지를 뜯다 다행이었네
　　　　　　　　　—시 〈내가 본 검은 새〉 전문

　차영한 시인의 시에 펼쳐진 세계에는 구획과 경계가 없
다. 국경을 자유롭게 넘나드는 비경계, 비구분의 세계에서
시적 주체들은 시간마저 초월한다. 시집 《랄랑그Lalangue에
질문》에는 2022년 오늘의 통영에서부터 1995년 8월 4일 오
전의 맨해튼, 1992년 4월 중순의 이집트를 지나 18세기 파
리, 17세기 네덜란드, 고대 그리스의 시간들이 씨줄과 날줄
로 촘촘하게 엮여져 있다. 위 시에서 시인은 "하이웨이 위
로 날고 있는 검은 새"를 등장시키면서 "센트럴파크"와 "버
지니아"와 "워싱턴숲"과 "발티모어"를 순식간에 돌파하는
시적 장면 전환술을 선보인다.
　물리적 법칙을 무력하게 하는 자유로운 공간 이동, 그리
고 과거와 현재, 미래가 무화된 환상성의 시간은 모두 현실

을 벗어나려는 시인의 초월 의지로 수렴된다. 그렇다면 차영한 시인은 왜 현실을 초월코자 하는 것일까? 왜 일상적 삶의 자리에서부터 탈주해 현실의 중력이 미치지 못하는 환상성의 세계로 이동하려 하는 것일까? 그것은 이 세계가 온갖 부자유로 가득한 거대 감옥이나 마찬가지이기 때문이다. 인간의 온갖 탐욕들이 "야비한 음탕을 훌쩍대"(《어떤 착각들》)는 현대사회는 시인으로 하여금 현실 초월과 탈주에의 욕망을 부추긴다.

차영한 시인은 "스모그·황사 겹친 중국 발/미세먼지는 햇빛을 잘라내"(《블랙아웃》)고, "미세 플라스틱"과 "온실가스"와 "탄소가스들"이 "뜨거운 죽음덩어리"(《그라타주 하면》)를 만들어내는 인류세人類世를 환멸 어린 시선으로 바라본다. 더 이상 정복하고 파괴할 자연이 없어지자 인간은 디지털 세계로 항로를 변경했는데, 디지털 세계에서도 자행된 무분별한 개발과 확장은 결국 인간을 파멸시키는 비극을 빚어내는 중이다. 사람들은 점점 실재 대신 시뮬라시옹의 이미지만을 추종하고, 대중의 이목을 끄는 가상의 이미지를 입기 위해 주체성을 포기한다. 악플과 관심 강박에 시달리던 연예인들이 자살하고, 온갖 허구와 위선만이 판친다. 이 "별난 신자유주의" "스마트워킹"(《날아다니는 핸드폰》) 시대에 현대인들은 "녹음"과 "USB"와 "카톡"으로 "스스로 왜곡하는 스마트폰"(《한마당 다음에 오는 거》)의 노예가 되어버린 지 오래다.

파놉티콘(원형감옥)은 죄수를 효과적으로 감시하기 위해 고안된 것으로 18세기 영국 법학자인 제레미 밴덤이 설계했다. 이 파놉티콘이 사회현상 용어가 된 것은 미셸 푸코가 《감시와 처벌》에서 원형감옥의 감시체계 원리가 사회 전반으로 침투되었음을 지적하면서부터다. 푸코가 이미 지적했던 것처럼 오늘날은 감시와 처벌의 시대다. 감시는 처벌로 이어지고, 때로는 감시 자체가 처벌이다. 정보기관 등 공권력에 의한 감시와 통제는 더욱 은밀하고 강력하게 이루어지며 개인의 삶을 억압한다. 뿐만 아니라 일반 시민 개개인들도 타인으로부터 자신의 욕망을 방어하기 위해, 또는 타인의 내밀한 삶을 자기 욕망의 굴레 안으로 포획하기 위해 서로 감시하고 감시당한다.

바깥저녁은 가로등만
지팡이를 짚고 서있다 이곳저곳에서

음흉한 코로나19가 우리들의 마스크를
벗도록 기다리고 있다

실망한 나를 아래계단만 자꾸 밟고
내려서도록 짓누르고 있다 하지만

아래계단에서 촛불 켜고 올라오는
간호사들이 마스크 불꽃을 보여주고 있다

뭉클하도록 서리가 낀 내 안경을
다시 닦아주면서

지금 죽어서는 안 된다고 기록부에
현주소와 이름과 전화번호를 쓰도록 한다
내가 살 수 있는 온도를 마주보도록 한다

눈을 환하게 밝혀주는 거울과 마주 서게
전화를 입력하도록 한다
응답 없어도 후끈해지는 온몸

통과하기 전에 살고 싶다는 순응
가장 낮아지는 겸허보다 더 질박해서

21세기의 슬픈 그림자를 보았다
어떤 경계점의 불안한 눈물소리를
휴대폰에서 듣고 있다

늘 처절함에는 괘씸하게 누구도 없다
　　　　　　　—시 〈내 사는 현재 온도〉 전문

　　인간의 탐욕에 의해 병든 자연과 인간이 만들어낸 디지털
문명이 결합해 인류 역사상 가장 강력한 파놉티콘을 만들어
내고야 말았다. 팬데믹 시대의 "음흉한 코로나19"는 우리를
"짓누르고 있"다. 국가에 의해 모든 사람이 백신을 맞아야
하고, 마스크를 써야만 한다. 모든 사람들의 일거수일투족

이 카드 이용 내역과 QR코드, 스마트폰 위치 추적 등 전파 통신에 의해 감시당하고 통제되는 중이다. "파멸로 휘모는 무섭고 두려운 역병/코로나19의 살인적인 창궐"(《간빙기 수칙은—포스트코로나19 극복 위해》)은 무엇보다 이동과 모임의 자유를 앗아갔다. 이 "21세기의 슬픈 그림자"와 "어떤 경계점의 불안한 눈물소리"가 시인으로 하여금 공간과 시간의 초월적 이동성을 시의 인식소로 삼게 했다. 현실에 가해지는 압력이 강해질수록, 파놉티콘 세계의 모순과 폭력, 비극이 심화될수록 현실을 벗어나려는 시인의 초월 욕망 또한 강해진다. 타자와의 접촉과 이동이 제한된 코로나 시대에 시인은 공간과 시간을 자유롭게 넘나드는 시적 상상력으로, 또 비경계·비구분의 자유로운 커뮤니케이션으로 우리들을 '다른 세계'로 데리고 가려 한다. 바슐라르의 말대로 좋은 시는 우리를 다른 곳으로 옮겨놓는 몽상이 될 수 있다.

> 다시 일어나서 흰 운동화를 신고
> 뛴다 날씨 불문하고 달리다
> 날개를 다는 나의 거울 그림자
>
> 그 그림자에서 움직이는
> 웃음이 샌다 상쾌한 발돋움으로
> 반올림하며 층층 계단을
> 밟지 않고 먼저 날뛰나니

무중력을 가르는 황금빛 화살들
과녁이 된 내생의 눈알에 죽은피 뽑아
별빛으로 갈아 넣고 있다

날고 있는 운동화 뜯어먹는
하얀 토끼 싱긋싱긋 웃으면서
인도네시아 1만7천개 섬을 건너뛴다

아바나쯤에서는 초원의 검은 물줄기 누 떼
몰며 만나자고 태양주위를 시속 10만 7천㎞,
초속 8만 4천㎞로 내가 지구되어 뛴다
　　　　　　　　—시 〈노드node에서〉 전문

　‘노드node’는 ‘연결점’, ‘접속점’을 뜻하는 단어다. 차영한
시인은 이 ‘노드’를 자기 시의 지향점으로 삼고 있다. 시인
은 ‘나’와 ‘타자’를 연결하기 위해, 모든 이질 대상들과 접속
하기 위해 공간과 시간의 경계를 초월하는 여행을 시도한
다. 방랑자의 자의식은 시집 전체에 걸쳐 나타난다. “카오
스 날개 달린 지팡이의 마술자”(〈카오스 날개 달린 지팡이의 마술
자여〉)라는 자기규정도 그렇지만, 자주 등장하는 이국의 지
명들은 시인의 세계 인식이 일상적 자리에 머물러 있지 않
음을 계속해서 환기시킨다. 시인은 낯선 세계를 향해 “다시
일어나서 흰 운동화를 신고” “인도네시아 1만7천개 섬을 건
너뛴”다. 아예 “태양주위를 시속 10만 7천㎞,/초속 8만 4
천㎞로 내가 지구되어”(〈노드node에서〉)버리기를 희망한다.

여행을 통해 타자와 융합하면서 '나'를 '우주'로 가꿔나가고
자 하는 것이다. 이러한 방랑에의 지향은 익숙함으로부터
벗어나 새롭고 낯선 자극과 감동을 선취하기 위한 것이므로
탈중심, 탈자아적 세계관으로 귀결된다. 시인은 '나'에서 '타
자'로 옮겨가는 주체 이동과 연대를 통한 세계와의 관계 재
편을 도모한다.

　관계의 재편은 구획과 경계를 허무는 것에서부터 출발한
다. 나와 타자 사이의 경계를 지우면 자유로운 교감과 상응
이 이루어진다. 경계를 지우기 위해서는 경계에 가서 서야
한다. 정현종 시인이 "사람과 사람 사이에 섬이 있다. 그 섬
에 가고 싶다"(《섬》)고 했을 때 '섬'은 바로 경계를 의미한다.
나와 너 어디에도 기울어지지 않은 중립의 장소에 가야만
경계는 무화될 수 있다. 위의 시에서 화자는 "층층 계단을
밟지 않고 먼저 날뛴"다. 계단은 수직적 계층구조의 은유
다. 화자는 계단을 밟지 않음으로 인간과 인간 사이 인종,
성별, 국적, 세대, 빈부, 지위 따위의 경계를 무화시키려 한
다. 그러자 "그림자에서 움직이는 웃음이 샌"다. "상쾌한 발
돋움"이 가능해진다. 화자는 걷거나 기차를 타는 대신 공중
을 나는 방식으로 여행한다. 공중은 이쪽과 저쪽 어디에도
속하지 않은 곳이므로 텅 빈 결여와 부재의 공간이다. 그렇
기에 공중은 가장 자유로운 세계다. 시인은 '나'와 타자 사
이의 그 규정되지 않은 '공중'으로 가려는 것이다. 그때 비
로소 "인도네시아 1만 7천개 섬을 건너 뛰"는 '치명적 도약'

이 가능해진다.

옥타비오 파스는 존재의 본질적인 이질성, 즉 타자성을 포용하려는 시도를 치명적 도약이라고 불렀다. 나와 타자, 자아와 세계 사이의 이분법이 사라지고, 새로운 관계의 가능성이 움트기 시작하는 이 여행에서 "길은 사랑 때문에 있"(〈등불 켜지 않아도 보이는 길〉)다. 시인이 어떤 대상을 시의 오브제로 삼는 순간, 치명적 도약은 이미 시작된다. 대상의 타자성이 시인의 내부로 옮겨와 전혀 뜻밖의 것으로 변화하며, 시인 역시 자기존재의 본성이 전환되는 체험을 하게 된다. 차영한 시인은 이것을 '사랑'이라고 부른다. 그에게 시 쓰기란 세상 모든 것들을 사랑하기 위한 화해와 합일의 방법론인 것이다.

2. 초월 세계를 향한 주이상스

이제 신도 오를 수 없는 그 계단은 바로
날개에 있는 걸 비로소 찾아냈어

이미 낡은 현수교는
학의 날갯짓을 하지만
지금은 맨발로 걷는 길은 끝났지

그래서 신의 계단은 공중에는 없어

아우라 계단도 없어
무의식 계단은 더더욱 없어

그러나 우리 뇌의 3층 구조에는
나선형 진공계단眞空階段이
있다는 헛웃음에 동의할 수 있어

위험한 가설이기는 하지만 지금 그 계단을
찾은 0과1의 인공위성들이, 우주 택시들이
달, 화성, 수성, 금성, 토성으로
오갈 수 있는 실재계實在界는 성큼 다가왔어

동일성으로 비상하는 꿈을 꾼다는 것은
날개가 타지 않아 거기에 집을 짓는
메타버스Meta-verse가 있어

투명한 유리 계단에서 삶과 죽음
모든 판테온이여
찐득찐득한 마티에르 쉼표, 파피용이여

그렇지만 그대가 애타도록
찾는 계단은 지구에 있다.

—시 〈진공계단〉 부분

　　지그문트 바우만은 "고체와 달리 액체는 그 형태를 쉽게
유지할 수 없다. 유체는 이른바 공간을 붙들거나 시간을 묶

어두지 않는다. 고체는 분명한 공간적 차원을 지니면서도 그 충격을 중화시킴으로써 시간의 의미를 약화시키는 반면, 유체는 일정한 형태를 오래 유지하는 일이 없이 지속적으로 변화할 준비가 되어 있다. 따라서 액체는 자신이 어쩌다 차지하게 된 공간보다 시간의 흐름이 중요하다. 왜냐하면 결국 액체는 공간을 차지하긴 하되 오직 '한순간' 채운 것일 뿐이다."[1] 라고 말한 바 있다. 물은 늘 같은 모습인 것 같지만 실은 쉼 없이 형태를 바꾼다. 일시적이고 우연한 것이면서도 영속하며 흐른다. 변화에 유연하고, 이질적인 것들과 융합한다. 가볍고 증발하지만 그 분산된 에너지가 모이면 엄청난 파괴력을 지닌다. 물은 만물을 흩어버리고 또 한데 모은다. 산업화 근대의 견고하고 무거운 '형태주의' 대신 실용과 편리를 추구하는 포스트모던의 변화 양상이 곧 물의 속성이다. 디지털 기술 발달로 경계와 구획이 없어진 비경계 · 비구분의 커뮤니케이션 역시 물을 모방한 것이다. 한곳에 정착해 썩지 않고 끊임없이 새로운 곳으로 흘러 이전에 없던 것을 창조한다. 이는 곧 포스트모던의 중요한 특징이다.

차영한 시인이 지향하는 '다른 세계'가 결국 공간 이동이 자유롭고, 시간 구획이 무화되는 비경계, 비구분의 열린 우주일 때, 어쩌면 그곳은 제4차 산업혁명이 이미 도래한 21

---

1) 지그문트 바우만, 《액체근대》, 이일수 옮김, 도서출판 강, 2009, 8쪽.

세기 디지털 문명사회인지도 모른다. 지그문트 바우만은 이 디지털 시대를 '액체 근대'로 명명했지만, 차영한 시인은 "나선형 진공계단"으로 고쳐 부른다. 나선형 진공계단은 곧 우주를 뜻한다. 은하는 나선 구조로 되어 있고, 진공계단은 중력이 없는 공간이기 때문이다. 하지만 시인이 말하는 건 물리적 우주가 아니다. 그는 지금 대기권을 돌파해 태양계로 가자는 제안을 하고 있는 게 아니다. "맨발로 걷는 길은 끝났"다는 선언과 함께 "지금 그 계단을/찾은 0과1의 인공위성들이, 우주 택시들이/달, 화성, 수성, 금성, 토성으로/오갈 수 있는 실재계實在界는 성큼 다가왔"다는 시인의 예언은 "메타버스" 안에서 현실이 되고 있다.

메타버스는 '가상', '초월' 등을 뜻하는 영어 단어 '메타 Meta'와 우주를 뜻하는 '유니버스Universe'의 합성어다. 현실 세계에서와 마찬가지로 사회, 경제, 문화 활동이 이루어지는 가상세계를 의미한다. 컴퓨터 게임이나 그래픽 안에서 인간이 마치 실제와 같은 체험을 할 수 있는 VR 가상현실보다 더 진화한 개념이 메타버스다. 이 메타버스 안에서는 아바타가 다른 아바타와 상호교류를 하고, 상점에서 쇼핑도 하는 등 실제 현실처럼 활동할 수 있다.

메타버스의 가장 큰 특징은 '초월성'이다. 시간과 공간에 한계가 없으며, 주체는 그 무엇에도 얽매이거나 간섭 받지 않는다. 시인은 이 메타버스 세계를 "실재계"라고 부른다. 라캉이 말한 실재계는 상상계와 상징계 어디에도 속하지 않는 곳이다. 상상과 상징을 초월하는 어느 곳에 존재하지만 언어나 이미지로 다 표현할 수 없는 실재들의 세계다. 예컨대 내 마음에 어떤 아픔과 고통이 있는데 그것을 언어로, 이미지로 표현하고자 아무리 노력한다 해도 항상 충분히 표현되지 못하고 내 안에는 늘 아픔과 고통이 일부 남겨지게 된다. 그 일부 남겨지는 '잉여'의 세계가 바로 실재계다. 실재하지만 표현할 수 없는, 표현될 수 없는 불가능성의 차원인 셈이다.

차영한 시인은 어떻게 메타버스에서 실재계를 발견했을까? 메타버스가 그 어떤 불가능도 없는 세계, 모든 한계를 초월하는 세계라면, 시인은 시니피에와 시니피앙의 간극에서 발생하는 언어의 불가능성, 초자아의 구속, 인정투쟁과 현실원칙의 중력 등으로부터 자유로운 '시의 메타버스'를 꿈꾸고 있는 것이리라. 그러나 시의 메타버스는 아무에게나 허락되는 엘도라도가 아니다. 그 초월 세계를 향한 "날갯짓"은 기성 세계의 질서와 법칙을 부정하고, 오직 새롭고 낯선 감각과 상상력을 통해 불가능성을 가능성으로 바꾸는 고통스런 도전을 반복해야만 한다. 시인이 실재계라는 개념을 빌려온 까닭이 여기에 있다. 차영한 시인에게 시 쓰기란, 예정된 실패에도 불구하고, 불가능을 반복함으로써 실재계라는 가능 세계로 조금씩 가까워지는 고독한 여정인 것이다.

자유가 가장 빛나는 곳은
주이상스를 절정으로 사냥할 때다

스페인 몬쥬익 언덕에서 본
에게해에서도 시작되고 있다

바위 틈새와 싸워온 포말이
에게해를 선셋 필라테스
하고 있어 아프로디테처럼 살아온
본성의 빛살을 펼쳐주고 있다

뜨거운 응시의 중심을 가리켜 주기 때문일까
　　　　　　　　　　—시 〈블루타임Blue time〉 부분

　상상계는 상징계에 포섭당하고 억눌린다. 상상이 현실에
의해 통제될 때 '욕망'이 발생한다. 그런데 이 욕망은 영원
히 해소될 수 없는 결핍의 세계이므로 한계적이다. 이 결핍
을 채우는 방식 중 극한의 쾌락, 상징계의 구속을 잊어버릴
만큼의 강렬한 쾌락을 추구하는 것을 라캉 철학에서 주이상
스jouissance라고 부른다. 간단히 말해 고통 속의 쾌락, 나를
소모시키는 쾌락 추구를 의미한다. 현실원칙은 주체에게 쾌
락을 조금만 추구하도록 절제시키지만, 그 원칙을 위반하고
넘어서서 스스로를 극도의 파멸로 이끄는 것이 주이상스다.
주이상스는 라캉의 개념 중 가장 난해하다. 여러 층위의 해
석이 가능하지만, 실재계를 향한 무모한 도전과 실패의 반

복을 가리키는 용어가 되기도 한다.

이 주이상스가 예술로 오면, 표현의 불가능성에 끊임없이 도전하는 초현실주의 경향이 된다. 이 도전은 실패할 수밖에 없기에 예술가를 소모시키고 그에게 고통을 안겨주지만, 표현할 수 없는 것을 표현하고자 할 때 비로소 예술가는 자유롭다. 위 시의 화자는 "자유가 가장 빛나는 곳"에 주이상스의 절정이 있다고 외친다. '주이상스=자유'라는 등가가 성립되는 순간이다. 이상이 《날개》에서 "박제가 되어버린 천재를 아시오? 나는 유쾌하오. 육신이 흐느적흐느적하도록 피로했을 때만 정신이 은화처럼 맑소"라고 노래한 것 역시 주이상스의 고백이다.

이번 시집에서 차영한 시인은 한 번에 그 의미가 파악되지 않는 낯선 시어들을 독특한 방식으로 배열하고, 시적 공간과 시간에 한계를 두지 않으며, 외래어와 이국 지명이 우리말과 뒤섞여 기묘한 인상을 자아내게 하는 등 다채로운 문학적 실험을 하고 있다. 예술가로서 기성에 편입되거나 대중과 결탁하기를 거부하고 끊임없이 다시 태어나기 위해 치열한 자기갱신을 시도하는 차영한 시인의 시 쓰기야말로 아름다운 주이상스가 아닌가? 자꾸만 실패하는 그 주이상스 안에서 시인은 언제나 자유롭다.

파블로 네루다는 이렇게 말했다. "리얼리스트가 아닌 시인은 죽은 시인이다. 그러나 리얼리스트에 불과한 시인도

죽은 시인이다"라고. 차영한 시인은 현실을 날카롭게 응시
하는 리얼리스트인 동시에 현실 너머의 초월적 세계를 향
해 끊임없이 뛰어오르는 로맨티스트이기도 하다. 그가 "저
시뻘건 태양이/피 흘리게 하는 피카소"와 "시계를 녹여버린
살바도르 달리"(〈관람, 스페인의 투우장〉)를 호명할 때, 우리는
초현실주의를 향한 한 시인의 지독한 편애, 그리고 초월 세
계를 꿈꾸는 그의 마술적 몽상과 열정을 확인하게 된다. 이
시집을 읽음으로써, 이제 우리는 그와 같은 꿈을 꾸게 되리
라.